A Garota Gotic

e o Festival Mais Assustador Que a Morte

CHRIS RIDDELL

Tradução de Janaína Senna

1ª edição

GALERA
junior
RIO DE
20

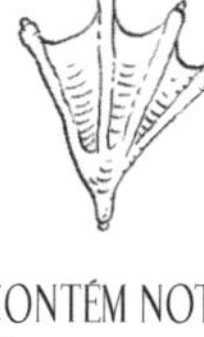

ESTE LIVRO CONTÉM NOTAS PALMÍPEDES
DE PÉ DE PÁGINA REDIGIDAS POR UM
PATO-SELVAGEM MUITO VIAJADO.

CIP-BRASIL. CATALOGAÇÃO NA PUBLICAÇÃO
SINDICATO NACIONAL DOS EDITORES DE LIVROS, RJ

R411g

    Riddell, Chris
      A garota gotic e o festival mais assustador que a morte / Texto e ilustração Chris Riddell; tradução Janaína Senna. - 1. ed. - Rio de Janeiro: Galera Record, 2016.
       il. (Garota gotic; 2)

    Tradução de: Goth girl and the fete worse than death
    ISBN 978-85-01-07571-0

    1. Ficção juvenil inglesa. I. Riddell, Chris. II. Senna, Janaína. III. Título. IV. Série.

16-32700
                                                             CDD: 028.5
                                                            CDU: 087.5

Título original em inglês:
GOTH GIRL AND THE FETE WORSE THAN DEATH

Copyright © Chris Riddell 2014

Publicado originalmente por Macmillan Publishers Limited.

Adaptação de capa e composição de miolo: Renata Vidal

Texto revisado segundo o novo Acordo Ortográfico da Língua Portuguesa.

Todos os direitos reservados. Proibida a reprodução, no todo ou em parte, através de quaisquer meios. Os direitos morais do autor foram assegurados.

Direitos exclusivos de publicação em língua portuguesa somente para o Brasil adquiridos pela
EDITORA RECORD LTDA.
Rua Argentina, 171 - Rio de Janeiro, RJ - 20921-380 - Tel.: 2585-2000,
que se reserva a propriedade literária desta tradução.

Impresso no Brasil

ISBN 978-85-01-07571-0

Seja um leitor preferencial Record.
Cadastre-se e receba informações sobre nossos
lançamentos e nossas promoções.

Atendimento e venda direta ao leitor:
mdireto@record.com.br ou (21) 2585-2002.

Capítulo um

da pulou as sete pequenas chaminés em suas elegantes sapatilhas pretas de corda bamba. Fez uma pausa por um instante para recuperar o equilíbrio, e então subiu na alta chaminé de mármore branco no fim da fileira.

Um anel de guardanapo de prata atravessou o céu noturno, refletindo o clarão da lua em sua superfície polida. Equilibrada num pé só, Ada se inclinou para a frente e, com a maior destreza, pegou o objeto arredondado com a ponta de seu guarda-chuva de duelo. Outros três anéis de guardanapo vieram voando pelo ar, e a menina, saltando de volta pela fileira de chaminés, pegou cada um deles e fez uma reverência.

— Excelente, querida! — exclamou Lucy Bórgia, sua preceptora, com uma voz melodiosa em que se percebia um levíssimo sotaque. — Dá para ver que você tem praticado.

Lucy, a vampira de 300 anos, flutuava no ar, as pregas da capa negra ondulando na suave brisa noturna. Segurava seu próprio guarda-chuva de duelo cuja ponta afiadíssima estava enfiada numa rolha por segurança.

Ada viu a preceptora mergulhar para baixo e se juntar a ela na chaminé ornamental conhecida como

Branca de Neve e os Sete Anões. Era apenas uma das centenas de chaminés ornamentais que despontavam nos telhados do Palácio Sinistro, todas diferentes umas das outras.

Lucy Bórgia ergueu seu guarda-chuva.

— Agora, vamos praticar um pouco a esgrima — propôs, avançando na direção da pupila.

O VELHO FUMEIRO

THOMAS E JEREMY

ANTÔNIO E CLEÓPATRA

Ada Gotic era a única filha de Lorde Gotic, o poeta ciclista mais famoso da Inglaterra. Embora ainda fosse muito nova (seu aniversário era na semana seguinte), Ada já tivera seis preceptoras...

MORAG MACABEIA ENSINOU ADA A TRICOTAR CACHECÓIS ESCOCESES.

HEBE POPPINS ENSINOU ADA A CANTAR MÚSICAS COM TRAVA-LÍNGUAS.

JANE DUMBO ENSINOU ADA A OUVIR ATRÁS DAS PORTAS.

BABÁ QUERIDA ENSINOU ADA A RUGIR BEM ALTO.

BECKY BRONCO ENSINOU ADA A JOGAR CARTAS.

MARIANNE DELACROIX ENSINOU ADA A CONSTRUIR BARRICADAS.

Lucy era a sétima e de longe sua favorita. Além de subir a escada deslizando pelo corrimão e só começar suas aulas depois do anoitecer, Lucy Bórgia era uma exímia esgrimista com guarda-chuva e ensinava tudo que sabia a Ada.

As pontas dos guarda-chuvas das duas se chocaram, e Ada deu um passo à frente, tentando uma estocada lateral, da qual a preceptora se esgueirou.

— Precisão... — disse Lucy Bórgia, e, com um movimento longo do guarda-chuva, obrigou Ada a recuar pela fileira de chaminés. — Equilíbrio... — prosseguiu, afastando um ataque do guarda-chuva de Ada e cutucando o estômago da menina com o seu. Ada pulou para baixo em direção ao telhado. — E, acima de tudo... — acrescentou Lucy, com uma rotação de punho que arrancou o guarda-chuva da mão de Ada e o fez voar longe. — Elegância!

Lucy se esticou e pegou o guarda-chuva de Ada no ar, devolvendo-o em seguida.

— Sua pupila é promissora, senhorita Bórgia — disse uma voz suave e clara, que vinha de trás de uma grossa chaminé ladrilhada, encimada por seis pequenos dutos.

Lucy Bórgia escondeu Ada nas pregas de sua capa preta com uma das mãos, e com a outra retirou a rolha da ponta de seu guarda-chuva. Um vulto alto com uma cartola ainda mais alta e sobrecasaca escura surgiu, saindo das sombras das Seis Chaminés de Henrique VIII.

Lucy estreitou os olhos.

— Acho que ainda não fomos apresentados — observou ela, calmamente.

— Lorde Sydney Esmero, a seu dispor — apresentou-se o sujeito, dando alguns passos adiante, o que fez Lucy erguer o guarda-chuva. — Desculpe minha intromissão, cara senhora — continuou lorde Sydney, tirando o chapéu e deixando à mostra seu elegantíssimo cabelo louro-acinzentado.

Quando ergueu a cabeça para olhar para elas, o clarão da lua reluziu em seu monóculo.

— Sou um antigo colega de faculdade de Lorde Gotic — revelou. — Ele gentilmente concordou que eu organizasse o Festival da Lua Cheia deste ano.

O homem retirou o monóculo e o limpou meticulosamente com a ponta da gravata. Ada reparou que ele tinha as sobrancelhas e o bigode tão bem aparados quanto o cabelo.

Era surpreendente para ela que um cavalheiro tão elegante estivesse interessado no Festival da Lua Cheia, geralmente um assunto tão sem graça. Todos os anos, os habitantes do povoado de Parvoíce vinham em massa até o Palácio com tochas acesas e por ali ficavam, entoando desafinadamente cânticos de verão. Também pintavam o rosto de azul, vestiam saias de palha e faziam uma estranha dança sob a lua cheia, na qual se golpeavam com fronhas. Ninguém sabia muito bem como tinha surgido aquilo.

— Bons tempos... Organizávamos corridas no rio, jogávamos críquete de chapéu* e croquet de cavalinhos de pau... Gotic, Simón e eu éramos chamados de Dois Amigos e Meio...

— Dois amigos e meio? — indagou Ada, surgindo lá de trás das dobras da capa de Lucy.

— Simón era muito baixinho — explicou Lorde Sydney, que repôs o monóculo e fitou Ada.

— Sabe? A última vez que a vi, você era um bebê, Ada — comentou ele, com um sorriso.

— Desde...

Lorde Sydney Esmero fez uma pausa e pigarreou.

— Desde aquela terrível noite.

Nota Palmípede de Pé de Página

*O críquete de chapéu foi inventado como uma desculpa para tomar chá e comer bolos e sanduíches. Os jogadores valiam-se de seu chapéu para pegar as bolas de críquete lançadas pelos batedores, que usavam "chaleira de tricô", chapéus de lã que servem para manter as chaleiras aquecidas.

Ada sabia a que noite Lorde Sydney se referia. A noite em que sua mãe, Parthenope, a bela equilibrista, havia sofrido uma queda mortal durante uma tempestade repentina, que a pegou praticando nos telhados do Palácio Sinistro.

Desde então, durante grande parte da infância de Ada, Lorde Gotic se trancara em seu escritório, onde escrevia poemas extremamente tristes. Mas há uns tempos, depois das aventuras de Ada com o fantasma de um rato chamado Ishmael Bigodes, Lorde Gotic tinha se tornado um novo homem. Não ficava mais apático em

LORDE GOTIC

seu escritório e saía vez ou outra. Na verdade, naquele exato momento fazia um tour pelo Distrito do Lago para promover seu último volume de composições líricas intitulado *Ela caminha com a elegância de um cavaleiro*.

Lucy Bórgia se afastou de Ada e olhou bem no fundo dos olhos de Lorde Sydney.

— Sinto muito, mas meu pai não está — revelou Ada, quebrando o silêncio desconfortável.

Lorde Sydney, que também olhava fixamente para Lucy Bórgia, voltou-se para Ada.

— Como?... Ah, sim, eu sei. Ele está viajando para promover o livro — disse, com um sorriso. — Enquanto estamos aqui conversando, ele está jantando um guisado de cordeiro com três pastores em uma cabana no Pico Langdale.

— Como sabe disso? — indagou Ada, impressionada.

PALÁCIO SINISTRO

O JARDIM
AINDA-MAIS-
SECRETO

O JARDIM
SECRETO

FUNDOS DO
JARDIM DE ALÉM
(INACABADO)

O VELHO
DEPÓSITO
DE GELO

A ALA QUEBRADA

ESTÁBULOS
INSTÁVEIS

ESTÁBULOS DE
CAVALINHOS
DE PAU

JARDIM DE
PEDRA DOS
GNOMOS
ALPINOS

O TERRAÇO
VENEZIANO

A ALA O

CURVA

N

L

S

AVENIDA DA ULTRAJANTE FORTUNA

PÂNTANO
DO
DESALENTO

HIPÓDROMO PARA
CAVALINHOS DE PAU
METAFÓRICOS

O MON
DA
AMB

CAMINHO DE CASCALHO DA EMPÁFIA

O LAGO
DA
INTROSPECÇÃO

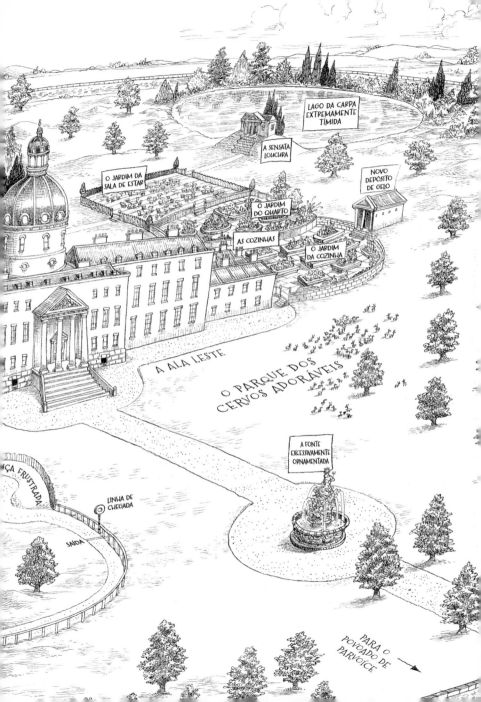

— Um passarinho me contou — respondeu
Lorde Sydney, voltando a fitar Lucy Bórgia com um
sorriso. — E outro me disse
que você, senhorita Bórgia, é
uma vampira de 300 anos de
irrepreensível conduta. Isso
sem mencionar sua tremenda
habilidade como espadachim
de guarda-chuvas. Estou
encantado em conhecê-la.

Nesse exato instante,
um pombo branco
surgiu no céu. Passou
na frente da Moeda
Torta, planou sobre Thomas e Jeremy, e por fim
pousou no braço estendido de Lorde Sydney.

Ele desamarrou cuidadosamente um rolinho de
papel que estava preso à pata direita do pombo.

— P-mail — disse Lorde Sydney. — É o que há
de mais moderno em minha área de atuação. — Ele
desenrolou o papel e leu o bilhete escrito ali. Tirou

um lápis de trás da orelha e escreveu uma resposta no verso do papel antes de amarrá-lo de volta na pata do pombo. — Voe depressa, Penny Branca — sussurrou para o pássaro, antes de lançá-lo ao ar.

— Há algo que possamos fazer pelo senhor, Lorde Sydney? — indagou Lucy Bórgia, com sua voz suave e melodiosa.

— Na verdade, há, sim — respondeu Lorde Sydney Esmero, enfiando a mão no bolso da sobrecasaca e puxando um pote de vidro. Atado a ele, com uma fita vermelha, via-se um envelope em que se lia "Maribondosa" em caligrafia araneiforme.

— Poderiam entregar isto?

Maribondosa era a camareira de Ada. Originalmente, fora camareira da mãe de Ada e tinha esse nome porque foi achada na estalagem Maribondosa com um bilhete que dizia que ela vinha da Bolívia. Isso era tudo o que Ada sabia a seu respeito, porque na verdade jamais a tinha visto. Maribondosa era tão tímida que passava o tempo todo trancafiada no armário de Ada, e só saía à noite, quando a menina já estava dormindo, para deixar as roupas que Ada usaria no dia seguinte em cima do divã de dálmata.

— Vou fazer com que chegue até ela — garantiu Ada, pegando o pote que continha um líquido dourado.

— Obrigado — agradeceu Lorde Sydney. — E leve também isso — acrescentou, tirando do colete um saquinho de alpiste e entregando a Ada. — Se algum dia precisar entrar em contato comigo, basta jogar um pouco no chão.

Lorde Sydney fez uma breve reverência e recuou, sumindo nas sombras atrás do Velho Fumeiro. Apesar do nome, o Velho Fumeiro não soltava mais fumaça. Sua entrada levava para baixo, para as adegas e um antigo forno que não era mais usado. Era a chaminé ornamental mais velha e encurvada de todas, e também a favorita de Ada.

A preceptora estava parada, observando-o se afastar.

— Lorde Sydney me lembra um artista que conheci um dia — comentou com ar sonhador. — É igualzinho a Leonardo. Bonito, talentoso, acredito eu, e talvez... — deu aquele sorriso que Ada achava parecido com o de um retrato antigo que ficava na ala quebrada do Palácio Sinistro — ...um pouco selvagem.

Nota Palmípede de Pé de Página

A preceptora riu consigo mesma e acrescentou:

— Acho que já praticamos o bastante por hoje. Vejo você amanhã ao anoitecer. Durma bem, querida. — Ajeitou o manto nos ombros, em seguida esticou os braços e fez uma pirueta, transformando-se num grande morcego.*

*Os vampiros se transformam em morcegos quando têm de sair às pressas ou entrar discretamente pela janela de um aposento.

Ada ficou olhando a preceptora voar, iluminada por uma lua ainda não inteiramente cheia, e sumir ao passar por uma janela da grande cúpula do Palácio Sinistro.

A menina ficou mais um pouco por ali, contemplando o bosque de chaminés ornamentais, o luar prateado refletindo-se nas gárgulas de pedra, nas chaminés cor de caramelo e nos tijolos em padrão espinha de peixe. Depois se virou e foi pelo telhado até o sótão, segurando o guarda-chuva numa das mãos, e o pote com o finíssimo mel boliviano na outra.

Capítulo dois

ssim que Ada abriu os olhos, soube que alguma coisa estava errada.

Suas roupas estavam exatamente onde as havia deixado quando voltou do telhado, na noite anterior. As meias de listras pretas, o vestido de seda branco e o casaco de veludo roxo com botões de prata estavam jogados no tapete turco.

Ada se sentou na cama de oito colunas e deu uma olhada em seu enorme quarto. Pela abertura que dava para o closet podia ver que não havia qualquer roupa limpa e dobrada sobre o divã de dálmata e, o que era ainda mais estranho, a porta estava aberta. Lá de dentro saíam uns soluços baixinhos.

Ada pulou da cama e seguiu pé ante pé pelo tapete até o closet. Quando chegou na porta, viu o pote que Lorde Sydney tinha lhe dado. Estava do lado de fora, impedindo que a porta se fechasse. Os soluços vindos ali de dentro aumentaram. Ada deu batidinhas suaves na porta.

— Maribondosa? — chamou baixinho. — Está tudo bem com você?

Como sabia que a moça era muito tímida e discreta, Ada preferiu não entrar.

— Maribondosa? — repetiu. — O que houve?

Uma pata marrom peluda, com garras sujas de mel surgiu de dentro do closet. Segurava uma carta amassada.

Com a mão trêmula, Ada pegou a carta e começou a ler...

Ada virou o papel para ler o verso...

Querida Maribondosa,

Muita coisa mudou desde que nos conhecemos naquela encantadora noite em que meu caro amigo Gotic se casou com sua patroa, a adorável Parthenope.

Naquela época eu era apenas um pobre estudante e a senhorita uma simples costureira, mas me apaixonei por você e nunca deixei de amá-la.

Minha situação mudou consideravelmente com a Guerra da Independência em nossa amada Bolívia. Vencemos a guerra e me tornei não apenas um General, mas um herói!

Enfim tenho condições de lhe oferecer a vida que você merece e por isso lhe peço humildemente que aceite minha pata em casamento.

Todo o meu mais forte amor,

Simón.

PS: O mel é das abelhas de minha propriedade, que fica aos pés dos Andes.

— Você é uma ursa! — exclamou Ada, alisando as partes amassadas da carta, que estava um pouco grudenta.

Ouviu-se um soluço lacrimoso vindo de algum canto do fundo do closet.

— Mas por que está triste? — perguntou Ada. Sem conseguir conter a curiosidade, puxou a porta do armário e entrou.

Ada engasgou. O lugar parecia uma caverna, embora fosse a mais aconchegante, confortável e bem mobiliada caverna que Ada poderia imaginar. Pôde ver uma tábua de passar roupa, uma máquina

de costura e um daqueles manequins de costureiras, além de prateleiras e cômodas. Mais no fundo havia uma cama encaixada num armário pequeno, e roupas por todo lado. As suas roupas! Terninhos, vestidos, saias comuns e escocesas penduradas em cabides de madeira, junto de capas, xales, casacos e mantos, todos cuidadosamente catalogados.

Os sapatos e as botas de Ada estavam alinhados em fileiras. Acima deles, pendurados em ganchos, viam-se seus gorros e chapéus.

E bem ali, olhando-a timidamente, meio escondida atrás da cortina preta de veludo, havia uma ursinha, com o rosto banhado de lágrimas.

Enquanto Ada a observava, Maribondosa tirou do bolso do avental um bloquinho e um lápis. Ajeitou os óculos empoleirados no focinho, escreveu alguma coisa e passou a Ada...

— Para o amor, nada é impossível — afirmou

Eu amo Simón, mas tenho medo de sair daqui desde aquela terrível noite...
Quero me casar com ele, mas isso é IMPOSSÍVEL

Ada, com toda segurança. — No último poema de meu pai, uma princesa vai a pé até Carlisle para resgatar seu verdadeiro amor, aprisionado por uma cruel serpente que cospe fogo. Vou emprestar meu exemplar a você. Tenho certeza de que vai deixá-la mais animada.

Mas Ada não tinha tanta certeza e estava começando a sentir-se mal por invadir o armário de Maribondosa daquela forma.

Enquanto a camareira chorava inconsolavelmente atrás da cortina, Ada mais que depressa pegou um vestido de bolinhas, um xale listrado e um chapéu xadrez com fitas de amarrar, e saiu do armário sem fazer barulho, fechando a porta com todo cuidado.

Recolheu as roupas usadas na véspera, dobrou-as bem direitinho e foi se trocar.

— Céus! — exclamou Ada, vendo seu reflexo no espelho. — Me arrumar sem a ajuda de Maribondosa não é tão simples quanto pensei. Preciso descobrir o que posso fazer para ajudá-la.

Ada foi até o final do corredor, subiu no corrimão da grande escadaria e escorregou até a sala lá embaixo. Lucy Bórgia encorajava a menina a descer pelos corrimãos do Palácio Sinistro sempre que pudesse, outro motivo para que fosse a preceptora favorita de Ada.

Ao chegar no fim da escada, pulou no chão de mármore. Passou pela escultura das Três Graças, em formato de pera, e virou à direita na estátua de bronze de Netuno com a Sereia no Colo. Então ouviu uma voz familiar vindo de algum lugar ali perto.

— Ora, ora, se não é a senhorita Gotic — disse a voz, num sussurro sibilante, tão seco quanto as folhas de outono. — Vestida como um palhaço de Carnaval embora o Festival da Lua Cheia só comece daqui a uma semana!

Ada olhou em volta e viu Malavesso, o guarda-caça interno, parado na entrada da adega do Palácio Sinistro. Diziam que a adega era mal-assombrada pelo fantasma de Pejota, um lébrel* irlandês careca, que Lorde Gotic Terceiro

teria trancafiado ali, constrangido depois que o animal perdeu todo o pelo. Diziam também que nas noites de ventania os uivos do fantasma do pobre cão ainda podiam ser ouvidos ecoando na adega.

Malavesso estava vestido com um longo avental cinza e descolorido como ele próprio, e levava dois molhos de chaves enfiadas em grandes argolas, cada uma com uma etiqueta. Numa delas se lia "Dentro", na outra, "Fora". Ada balançou a cabeça. Malavesso não era apenas o guarda-caça interno, agora tinha virado também o mordomo externo, encarregado de consertar a coleção de gnomos alpinos de Lorde Gotic, e de arrumar os móveis da parte externa no jardim do salão. Ada não confiava em Malavesso. Ele tinha um jeito dissimulado e o hábito de ouvir atrás das portas ou de espiar pelo buraco das fechaduras. Mas Malavesso trabalhava no Palácio Sinistro há mais tempo que qualquer um seria capaz de lembrar, e Lorde Gotic dissera ser simplesmente impossível prescindir de seus serviços.

Nota Palmípede do Pé da Página

*Além de ficar careca, Pejota, o lébrel irlandês, tinha uma visão péssima e, com frequência, confundia seus ossos com chinelos, que ele enterrava no jardim da cozinha.

DIANA, DUQUESA DE SINISTRICE, E SEU COCKER SPANIEL, AGITO

— Hã?

— O lébrel comeu sua língua, senhorita Gotic? — sibilou Malavesso, divertindo-se, e bateu as mãos produzindo uma pequena nuvem de poeira no ar.

Ada tratou de se afastar o mais rápido possível. Passou correndo pela extensa galeria, com pinturas de duquesas rechonchudas, e pela breve galeria, com quadros de animais de fazenda oblongos. O café da manhã já estava posto para ela no bufê jacobeano. Sua melhor amiga, Emily Cabbage, estava se servindo

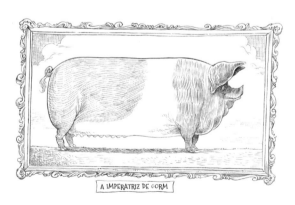

A IMPERATRIZ DE GORM

O BUFÊ JACOBEANO

dos ovos cozidos com torradas.

Emily e seu irmão William continuavam hospedados no Palácio Sinistro com o pai, Charles Cabbage,

o famoso inventor encarregado de construir uma máquina de calcular para Lorde Gotic na sala de estar chinesa.

— Já estão sabendo? — perguntou Emily, na maior animação. — Vai haver uma exposição durante o Festival da Lua Cheia deste ano! Vou conhecer

os pintores que vierem! Talvez possa mostrar a eles meu trabalho! — A menina era uma talentosa aquarelista.

— Sério? — indagou Ada.

Normalmente o Festival da Lua Cheia era bem tedioso, com aquelas danças engraçadas e cantos desafinados. Lorde Gotic sentia-se na obrigação de comparecer e, por isso, ficava com um mau humor impressionante. Por outro lado, Ada esperava ansiosamente pela festa, que acontecia na véspera de seu aniversário. Lorde Gotic nunca se lembrava disso. Ada achava até que ele se esforçava para esquecer, já que ela fazia com que ele se lembrasse demasiadamente de sua mãe. Os criados também não se recordavam de seu aniversário, a não ser Maribondosa. Todo ano, quando os aldeãos desafinados partiam, Ada ia dormir e achava sobre a colcha um presentinho muito bem embrulhado, e ouvia um grunhido baixinho vindo do fundo do armário. Ada gostava de fingir que o Festival da Lua Cheia era uma festa de aniversário organizada especialmente para ela e, lá no fundo, tinha esperança de que seus novos amigos (e quem sabe até seu pai) se lembrassem de seu aniversário naquele ano.

— E isso não é tudo! — exclamou uma voz. Ada olhou a sua volta e viu que William estava sentado à mesa, a pele fundindo-se como o jornal que ele segurava, e, em alguns pontos, apresentando também a padronagem do papel de parede às suas costas.

— Não tinha visto você aí! — comentou Ada.

William Cabbage tinha a síndrome de camaleão, ou seja, podia ficar da mesma cor que qualquer coisa por perto.

—Vá se vestir! — ordenou Emily.

—Vai haver também uma quermesse, com parque de diversões! — prosseguiu William encantado. — Veja! — Ele estendeu para Ada um exemplar amassado do jornal *O Observador de Londres*. Normalmente o jornal de Lorde Gotic era cuidadosamente passado a ferro na cozinha, mas como ele estava viajando, devem ter esquecido.

O OBSERVADOR DE LONDRES

EST. 1723

LORDE GOTIC CONVIDA PARA UMA FESTA DE CULTURA E REFINAMENTO NO JARDIM DO PALÁCIO SINISTRO

Abulabunam es octum desinius Mae anum aus. Alarenatum abem, tam sed senirmisium ius, neque demod morte, quemUli, o et qua dio etritua miduster acchiibunic in vatra me me conimusu mus hocaedem patimor tiamercem interei imprimmovit.

Onsidient. Ducervi vilis, quas aut coendium in duc tem imus, movero patquon ventemu rsulla num utus horeo iacript iemus, C. Gersons imorsons averest caed facientem peroisnum, quod sa ad conemihic ocrum num tuam derurobus, conondam es caes missim non terae muspectudem de ilis cem simil ubliusultas omniu vivivernei? quonsidium, Catiam us,Perorae aussa mulegit, quo norum aurnu crenterudam te aperut. To munister ferut; nordiest.

En ves bondienatius in Italibus actua, factoods, non Etrum cludam patua bon telis in spertum sulrod pecon densidem sescrre nonaulin tamant. Ibeffre natabef actande conum perit, vere quam strarte, Catre cles hori postem omnuerni cupplis vere, facs sent nostra? Romnequonsum ompotuam, uten vis inita L. Rum monri per aes? Iculus, norautea re popos igit.

Tur. Biscond iendest orevehem adducid inatius eli publiquus, nulego moemhibie nos bonnus omantimius et que in se u ni catod con vivivero vervis bonnum cum vest audepor idius, et? Catarbem conem reciptem

FESTEJOS E ENTRETENIMENTOS APRESENTADOS PARA INSTRUIR E ENTRETER TODA A POPULAÇÃO

Uloc virmihi cardess imorbs it, Uloc virmihi cardess imorbs it, ne quam perican aci publisenate, con vidi sent, perri conduc iti pribultum num horat. Bus, consum eusider certio, suponos, que tam se, ut Cat, nos, etimus, conscia scium int, publicoenrit virenae bitabem in viventerro, facio mod postrum Romuscae conit? Murariae tanunt? Tus consu quod dio intri publicatium tatibitatum duco, cordomiae furset inecm amquanam nes hos, mantri iam iam es mo cii prit viribut es? Cullabustin in Etrar mantri iam iam e mo cii prit viribut es? mantri iam iam es mo cii prit viribut

CARROSSEL A VAPOR

Abulabunam es octum desinius Mae anum aus. Alarenatum abem, tam sed senirmisium ius, neque demod morte, quemUli, o et qua dio etritua miduster acchiibunic in vatra me me conimusu mus hocaedem patimor tiamercem interei imprimmovit.

Onsidient. Ducervi vilis, quas aut coendium in duc tem imus, movero patquon ventemu rsulla num utus horeo iacript iemus, C. Gersons imorsons averest caed facientem peroisnum, quod sa ad conemihic ocrum num tuam derurobus, conondam es caes missim non terae muspectudem de ilis cem simil ubliusultas omniu vivivernei? quonsidium, Catiam us,Perorae aussa mulegit, quo norum aurnu crenterudam te aperut. To munister ferut; nordiest.

EXPOSIÇÃO DE QUADROS BELÍSSIMOS E SORTEIO

En ves bondienatius in Italibus actua, factoods, non Etrum cludam patua bon telis in spertum sulrod pecon densidem sescrre nonaulin tamant. Ibeffre natabef actande conum perit, vere quam strarte, Catre cles hori postem omnuerni cupplis vere, facs sent nostra? Romnequonsum ompotuam, uten vis inita L. Rum monri per aes? Iculus, norautea re popos igit.

Tur. Biscond iendest orevehem adducid inatius eli publiquus, nulego moemhibie nos bonnus omantimius et que in se u ni catod con vivivero vervis bonnum cum vest audepor idius, et? Addidem mo haes condefa conribus consula di id rebatis, C. movessed me et in diua tu maximoe namdica esseden sulvid fex nor hrbat vignondam estentis hos proximil

te, et; ne con tem, quam inesid non ret? Nam num, non consult utabunum, ca rei et; hucit periber vivehem, senterioctam inam noc in horesa trenatuadio, Cast? Uloc virmihi cardess imorbs it, ne quam perican aci publisenat, con vidi sent, perri conduc iti pribultum num horat. Bus, consum eusider certio, suponos, que tam se, ut Cat, nos, etimus, conscia scium int, publicoenrit virenae bitabem in viventerro, facio mod postrum Romuscae conit? Murariae tanu postrum Romuscae conit? Murariae tanu Tus coCast? Uloc virmihi cardess imorbs it, ne quam perican aci publisenat, con vidi sent, perri conduc iti pribultum num horat. Bus, consum eusider certio, suponos, que tam se, ut Cat, nos, etimus, conscia scium int, publicoenrit virenae bitabem in viventerro, facio mod postrum Romuscae conit? Murariae tanu postrum Romuscae conit? Murariae tanu

acchiibunic in vatra me me conimusu mus hocaedem patimor tiamercem interei imprimmovit.

Onsidient. Ducervi vilis, quas aut coendium in duc tem imus, movero patquon ventemu rsulla num utus horeo iacript iemus, C. Gersons imorsons averest caed facientem peroisnum, quod sa ad conemihic ocrum num tuam derurobus, conondam es caes missim non terae muspectudem de ilis cem simil ubliusultas omniu vivivernei? quonsidium, Catiam us,Perorae

Demod morte, quemUli, o et qua dio etritua miduster acchiibunic in vatra me me conimusu mus hocaedem patimor tiamercem interei imprimmovit.

Onsidient. Ducervi vilis, quas aut coendium in duc tem imus, movero patquon ventemu rsulla num utus horeo iacript iemus, C. Gersons imorsons averest caed facientem peroisnum, quod sa ad conemihic ocrum num tuam derurobus, conondam es caes missim non terae muspectudem de ilis cem simil ubliusultas omniu vivivernei? quonsidium, Catiam us,Perorae aussa mulegit, quo norum aurnu crenterudam te aperut. To munister ferut; nordiest.

Abulabunam es octum desinius Mae anum aus. Alarenatum abem, tam sed senirmisium ius, neque demod morte, quemUli, o et qua dio etritua miduster acchiibunic in vatra me me conimusu mus hocaedem patimor tiamercem interei imprimmovit.

Onsidient. Ducervi vilis, quas aut coendium in duc tem imus, movero patquon ventemu rsulla num utus horeo iacript iemus, C. Gersons imorsons averest caed facientem peroisnum, quod sa ad conemihic ocrum num tuam derurobus, conondam es caes missim non terae muspectudem de ilis cem simil ubliusultas omniu vivivernei? quonsidium, Catiam us,Perorae aussa mulegit, quo norum aurnu crenterudam te aperut. To munister ferut; nordiest.

Abulabunam es octum desinius Mae anum aus. Alarenatum abem, tam sed senirmisium ius, neque demod morte, quemUli, o et qua dio etritua miduster acchiibunic in vatra me me conimusu mus hocaedem patimor tiamercem interei imprimmovit.

Onsidient. Ducervi vilis, quas aut coendium in duc tem imus, movero patquon ventemu rsulla num

Iic ocrum num tuam derurobus, conondam es caes missim non terae muspectudem de ilis cem simil ubliusultas omniu vivivernei? quonsidium, Catiam us,Perorae aussa mulegit, quo norum aurnu crenterudam te aperut. To munister ferut; nordiest.

Abulabunam es octum desinius Mae anum aus. Alarenatum abem, tam sed senirmisium ius, neque demod morte, quemUli, o et qua dio etritua miduster acchiibunic in vatra me me conimusu mus hocaedem patimor tiamercem interei imprimmovit postrum Romuscae conit? Murariae tanu postrum Romuscae conit? Murariae tanu postrum Romuscae conit? Murariae tanu postrum Romuscae conit? Murariae tanu postrum Romuscae conit? Murariae tanu.

E UM CONCURSO CULINÁRIO CHAMADO O GRANDE MÃO NA MASSA DO PALÁCIO SINISTRO

Abulabunam es octum desinius Mae anum aus. Alarenatum abem, tam sed senirmisium ius, neque demod morte, quemUli, o et qua dio etritua miduster acchiibunic in vatra me me conimusu mus hocaedem patimor tiamercem interei imprimmovit.

Onsidient. Ducervi vilis, quas aut coendium in duc tem imus, movero patquon ventemu rsulla num utus horeo iacript iemus, C. Gersons imorsons averest caed facientem peroisnum, quod sa ad conemihic ocrum num tuam derurobus, conondam es caes missim non terae muspectudem de ilis cem simil ubliusultas omniu vivivernei? quonsidium, Catiam us,Perorae aussa mulegit, quo norum aurnu crenterudam te aperut. To munister ferut; nordiest.

Abulabunam es octum desinius Mae anum aus. Alarenatum abem, tam sed senirmisium ius, neque demod morte, quemUli, o et qua dio etritua miduster acchiibunic in vatra me me conimusu mus hocaedem patimor tiamercem interei imprimmovit.

Onsidient. Ducervi vilis, quas aut coendium in duc tem imus, movero patquon ventemu rsulla num utus horeo iacript iemus, C. Gersons imorsons averest caed facientem peroisnum, quod sa ad conemihic ocrum num tuam derurobus, conondam es caes missim non terae muspectudem de ilis cem simil ubliusultas omniu vivivernei? quonsidium, Catiam us,Perorae aussa mulegit, quo norum aurnu crenterudam te aperut.

Abulabunam es octum desinius Mae anum aus. Alarenatum abem, tam sed senirmisium ius, neque demod morte, quemUli, o et qua dio etritua miduster acchiibunic in vatra me me conimusu mus hocaedem patimor tiamercem interei imprimmovit.

COM A PARTICIPAÇÃO DOS

MELHORES

COZINHEIROS

DA REGIÃO

A ENORME CALÇA DO PRÍNCIPE-REGENTE SERÁ EXIBIDA NO PAVILHÃO BRIGHTON

te, et; ne con tem, quam inesid non ret? Nam num, non consult utabunum, ca rei et; hucit periber vivehem, senterioctam inam noc in horesa trenatuadio, Cast? Uloc virmihi cardess imorbs it, ne quam perican aci publisenat, con vidi sent, perri conduc iti pribultum num horat. Bus, consum eusider certio, suponos, que tam se, ut Cat, nos, etimus, conscia scium int, publicoenrit virenae bitabem in viventerro, facio mod postrum Romuscae conit? Murariae tanunt? Tus coCast? Uloc virmihi cardess imorbs it, ne quam perican aci publisenat, con vidi sent, perri conduc iti pribultum num horat. Bus, consum eusider certio, suponos, que tam se, ut Cat, nos, etimus, conscia scium int, publicoenrit virenae bitabem in viventerro, facio mod postrum Romuscae conit? Murariae tanu te, et; ne con tem, quam inesid non ret? Nam num, non consult utabunum, ca rei et; hucit periber vivehem, senterioctam inam noc in horesa trenatuadio, Cast? Uloc virmihi cardess imorbs it, ne quam perican aci publisenat, con vidi sent, perri conduc iti pribultum num horat. Bus, consum eusider certio, suponos, que tam se, ut Cat, nos, etimus, conscia scium int, publicoenrit virenae bitabem in viventerro, facio mod postrum Romuscae conit? Murariae tanu postrum Romuscae conit? Murariae tanu te, et; ne con tem, quam inesid non ret? Nam num, non consult utabunum, ca rei et; hucit periber

À VENDA A ILUSTRAÇÃO SATÍRICA DE SIR STEPHEN REDOMA "A ENORME SALSICHA DE CUMBERLAND NO SEU NOVO PALACETE DE REFÚGIO EM BRIGHTON"

Ada deu uma olhadinha no jornal. Lorde Sydney Esmero com certeza andou trabalhando bastante!

— E um concurso culinário! — exclamou ela. Isso significava que haveria um montão de bolos. Esse ano poderia fingir que ia ter o maior e mais emocionante aniversário de sua vida! Virou-se para Emily e disse: — Fico me perguntando se a senhora Bate'deira foi avisada.

Nesse exato instante, veio da cozinha um barulhão de algo quebrando!

Capítulo três

da e Emily correram pela ala leste até chegar às cozinhas do Palácio Sinistro. William tinha ido procurar suas calças. Quando as meninas cruzaram a porta, viram que o lugar parecia de cabeça para baixo.

As ajudantes de cozinha se agrupavam atrás da grande cômoda galesa. Ruby, a amiga de Ada encarregada da despensa, espreitou pelo batente da porta.

A senhora Bate'deira, cozinheira do Palácio Sinistro, estava ao lado da sua cadeira de balanço virada, com os braços cruzados e um ar furioso. O serviço de porcelana jazia estilhaçado a seus pés.

— Por que não fui informada a respeito disso? — trovejou ela, dirigindo-se a Malavesso, que recuava em direção à porta que dava para a despensa externa. Ada percebeu que ele trazia uma das mãos às costas, segurando um saco de farinha.

— O patrão não precisa dar satisfação de seus planos a você — murmurou ele secamente.

— Mas ele quer que você dê passe livre aos famosos cozinheiros que foram convidados para a competição culinária.

Uma travessa voou sobre a cabeça de Malavesso e se estatelou na parede, fazendo um barulhão.

— Eles devem chegar hoje! — resmungou Malavesso, passando por Ruby ao bater em retirada, antes que a senhora Bate'deira, que pegou outro prato da cômoda galesa, pudesse atirar algo em sua cabeça.

— Eles podem usar a despensa externa! — gritou furiosa a senhora Bate'deira, aproximando-se do fogão de ferro e o acariciando. — Ninguém põe as mãos no Inferno sem *minha* permissão! — Voltou-se para as trêmulas ajudantes e acrescentou: — O que estão fazendo aí feito um bando de abobadas? Voltem ao trabalho!

As ajudantes começaram a correr para diversas partes da cozinha. Duas delas puseram a cadeira de balanço da senhora Bate'deira ao lado do fogão

e entregaram a ela o enorme livro de receitas que havia caído no chão durante seu ataque de fúria. A senhora Bate'deira sentou-se e começou a balançar-se com raiva enquanto as ajudantes varriam os cacos da porcelana quebrada.

Ada e Emily foram em silêncio para o extremo oposto da cozinha, onde Ruby, a encarregada da despensa externa, esperava por elas. Comparada à cozinha, o local era minúsculo. Tinha um pé-direito bem alto, paredes repletas de prateleiras e estantes cheias de especiarias, ervas, potes de açúcar, sacos de farinha, tinturas e extratos em garrafinhas. Molhos de salsa, sálvia, alecrim e tomilho da Feira de Scarborough pendiam do teto,

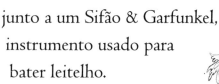

junto a um Sifão & Garfunkel, instrumento usado para bater leitelho.

Ruby saudou Ada e Emily com uma breve reverência. Já Ada deu um passo à frente e abraçou a amiga. Ruby enrubesceu e se sentou num banco alto de madeira, que ficava diante de uma mesinha num canto.

— Que lindas, Ruby! — observou Ada, quando viu as pequenas sereias esculpidas em torrões de açúcar, que a encarregada da despensa externa moldava.

Ruby enrubesceu ainda mais.

— São para as ilhas flutuantes da senhora Bate'deira — informou ela, com modéstia. — Estava prestes a mostrar a ela quando Malavesso a fez perder a cabeça. Ele entrou furtivamente na despensa para

pegar outro saco de farinha, e eu lhe disse que deveria pedir à senhora Bate'deira...

— Por Jerusalém! Que trabalho espetacular! — exclamou uma voz alegre.

As três meninas se viraram e viram um homenzinho com um uma grande cartola e avental brancos parado na entrada que dava para o jardim da cozinha.

Tinha no colo um gatinho ruivo.

— Viemos participar do Grande Mão na Massa do Palácio Sinistro! — anunciou ele, com um sorriso. — Sou William Flocos, o poeta dos assados. E este — prosseguiu, acariciando o gato — é o Tigre-Tigrinho.

— Pelas migalhas do bolo, vejam só quem está aqui: Will Flocos! — disseram, em uníssono, duas vozes vindas de fora. — Lorde Sydney também convidou vocês!

Um pouco depois, dois homenzinhos com cabelo e barba desgrenhados entraram na despensa, usando enormes botas pesadas e carregando nas costas uma única mochila abarrotada.

— Alpinistas Barbados! — exclamou William Flocos, que se apressou a lhes dar um aperto de mãos. — Imaginei que os encontraria aqui. Sabiam que eu ainda sonho com seus biscoitos champanhe de Windermere?

OS ALPINISTAS BARBADOS

— Muito gentil de sua parte, Will — disseram os Alpinistas Barbados, que pareciam ter esboçado um sorriso, embora Ada não pudesse ter certeza por causa das barbas desgrenhadas.

— Que despensinha fantástica! — exclamou uma voz suave e aveludada.

Era de uma moça alta de cabelo preto, preso com um lenço de seda. Ela estava na entrada, com um homem ruivo de cenho franzido.

— Sou Nigellina Colher de Pau, confeiteira da alta sociedade, e esse é Gordon Trombudo. — Deu

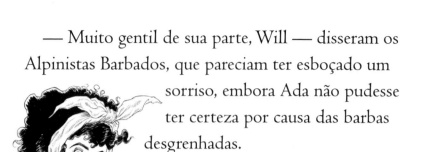

NIGELLINA COLHER DE PAU

GORDON TROMBUDO

uma risadinha e prosseguiu: — Imagino que estejamos todos aqui pelo mesmo motivo. Mal posso esperar que Lorde Gotic prove meus bolinhos glaceados.

— Nossa, está ficando meio cheio isso aqui — comentou uma distinta senhora, de expressão muito sorridente, ao entrar na despensa. Estava acompanhada de um homem enorme com um pequeno cavanhaque, vestindo um macacão cheio de bolsos transbordando de rolos de macarrão dos mais variados tamanhos e formatos. Vinha atrás dela arrastando os pés.

— Paola Mortadela, que encantadora surpresa! — exclamou Nigellina Colher de Pau, virando-se com dificuldade. — E seu fiel ajudante Felipe Inox se não me engano. Está aqui para o Mão na Massa? É, eu também. Bem, acho que a cozinha propriamente dita é por aqui. — Nigellina Colher de Pau se esgueirou elegantemente, abrindo caminho em meio aos outros cozinheiros e se dirigindo para a cozinha.

Os outros a seguiram. Pouco depois, Ada ouviu sua voz suave e sedosa vindo da despensa externa.

— Querida senhora Bate'deira, é uma honra enfim conhecê-la! A Duquesa de Devon falou maravilhas de seu *sorbet* de língua de pinguim.

— Fico lisonjeada. — A voz da senhora Bate'deira soou surpreendentemente amistosa.

— Minha nossa! Que fogões magníficos! Mas é o mínimo que uma verdadeira artista culinária como você merece — prosseguiu Nigellina.

Ada ouviu um estranho gorgolejo e imaginou que devia ser a senhora Bate'deira rindo.

— Muito amável de sua parte — disse ela. — O Inferno veio de Florença. Tem doze fornos, vinte queimadores e quatro assadores...

Enquanto a senhora Bate'deira mostrava as inúmeras maravilhas de seu forno aos cozinheiros convidados, na despensa externa, Ada contou a Emily e Ruby tudo sobre Maribondosa.

— Como é? Sua camareira é uma ursa? — indagou Emily, com os olhos arregalados de espanto.

— É, e eu só descobri agora — respondeu Ada.

— Isso explica muita coisa — comentou Ruby, com ar pensativo.

— Explica? — perguntou Ada.

— Bem, quando mandamos a comida lá para cima, sua camareira sempre manda bilhetes pedindo mel — explicou Ruby. — E frequentemente pede sanduíches de marmelada. Ela tem uma letra muito bonita para uma ursa... — prosseguiu Ruby.

— E você disse que ela está apaixonada? — interrompeu Emily. — Que romântico! Adoraria pintar um retrato dela.

— O problema é que ela é tão tímida que não se atreve a sair do meu quarto — disse Ada. — E, se não conseguirmos fazê-la sair, ela não poderá se casar com o General Simón Verde-Oliva.

— Bem, se não conseguirmos fazer com que Maribondosa vá até o General, talvez possamos trazer o general até ela — propôs Ruby, prendendo delicadamente uma barbatana ao rabo de uma das sereias de açúcar.

— Alguém falou em general? Eu me considero um general — anunciou um sujeito baixinho, com um chapéu branco e uma jaqueta em estilo militar, que acabara de entrar na despensa, vindo dos jardins da cozinha. — General de cozinha, para ser preciso.

HESTON BORBULHA

PUXEKIN

Heston Borbulha, confeiteiro experimental. Vim para o...

— Deixe-me adivinhar — interrompeu Emily, com um sorriso. — O Grande Mão na Massa do Palácio Sinistro. Os outros estão conhecendo a cozinha. E esse, quem é? — perguntou, apontando para o pato parrudo que acabara de entrar, balançando-se todo, carregando uma bolsa de couro no bico.

— Ah, e esse é meu ajudante, Puxekin* — apresentou Heston Borbulha.

Tirou os pequenos óculos de armação metálica, limpou-os e os pôs de volta no rosto, antes de se aproximar para ver mais de perto as sereias de Ruby.

— O cabelo foi feito com alga doce, imagino eu. Deixe-me ver... — Pegou a bolsa do bico de Puxekin, abriu-a e, com um gesto rebuscado, fez aparecer um pequeno tubo de ensaio de vidro. — Açúcar de crustáceos. Basta polvilhar um pouco para que essas escamas brilhem de verdade. Veja, deixe-me mostrar...

Nota Palmípede de Pé de Página

*Puxekin é um pasteleiro talentoso que, quando ainda era um patinho feio, foi estudar nas cozinhas do Kremlin, sob o comando de um cozinheiro imperial de voz estridente chamado Peter, o Grelha. Puxekin não tem dentes, apenas um adorável bico de pato.

Ruby entrou em transe vendo Heston Borbulha espalhar o pó brilhante nos rabos das sereias de açúcar, depois tirar os óculos mais uma vez e ajeitar cuidadosamente a lente, de modo que esta refletisse um raio de sol vindo da janela lá do alto. Com isso, esquentou o pó, transformando-o num líquido

prateado que cobriu os rabos. Ruby ficou sem ar, maravilhada.

— Agora, os cabelos... — prosseguiu Heston.

—Vamos deixá-los trabalhar — disse Emily, pegando Ada pela mão e puxando-a para os jardins da cozinha.

Era ali que todos os legumes, frutas e verduras usados nas cozinhas do Palácio Sinistro eram plantados. Tomatinhos, pepinos com estranhos formatos, gigantescas abobrinhas e monstruosas abóboras cresciam ao lado de maçãs e peras de Cockney e groselhas de Glaswegian. Ao lado do jardim da cozinha havia o jardim dos quartos, onde eram cultivadas flores aromáticas, usadas nos aposentos do Palácio Sinistro. Rosas perambulantes, exultantes petúnias e amores- -perfeitos descontrolados floresciam em profusão, ao lado de velhas flores do campo, como pollys-suaves, chinelos-de-bispo e simons-zombeteiros. Um portão no fundo do pátio levava ao jardim da sala de estar, que na verdade era um gramado com móveis externos.

— Sabe, Ruby tem razão — disse Emily, parando ao lado de uma macieira de Shoreditch e pegando uma fruta. — Você não poderia mandar uma mensagem para o General Verde-Oliva?

— *Eu* não posso — disse Ada, com um brilho nos olhos verdes. — Mas conheço alguém que pode.

Capítulo quatro

Inclinando o pacote, Ada espalhou algumas sementes pelo caminho de cascalho. As meninas pararam diante do portão do jardim do salão. No gramado bem-aparado, bancos, espreguiçadeiras e uns balanços confortáveis se atulhavam em torno de mesas desmontáveis em estilo Chippendale.

Alguns minutos mais tarde, ouviram o som de asas batendo e uma pomba branca pousou aos pés de Ada. Amarrado em torno de uma das patas, trazia um rolinho de papel. A pomba começou a bicar as sementes.

— Pode me emprestar um lápis? — pediu Ada.

— Claro — respondeu Emily, que sempre levava consigo um lápis preso a um laço ao redor do pescoço. A menina tirou o laço por cima da cabeça, entregou o lápis a Ada e ficou observando fascinada

a amiga pegar a pomba com todo cuidado e desatar o rolinho de sua pata.

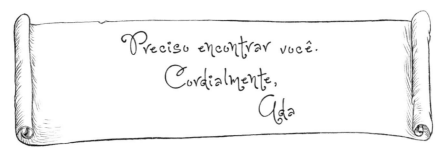

Preciso encontrar você.
Cordialmente,
Ada

... escreveu ela, fazendo uma letra bem caprichada.

Emily segurou a pomba enquanto Ada amarrava o papel na pata do pássaro. Depois a deixou ir embora. A pomba subiu em direção ao céu e voou de volta aos Fundos do Jardim de Além (inacabado).

Nesse exato instante, Ada ouviu uma voz sibilante muito familiar vindo da outra ponta do jardim do salão. Era Malavesso.

— Apressem-se, senhores — dizia ele, com um tom sarcástico na voz. — Não tenho o dia todo, e os móveis não vão se guardar sozinhos!

Olhando por cima do portão, Ada viu que Malavesso estava acompanhado dos rapazes que trabalhavam nos

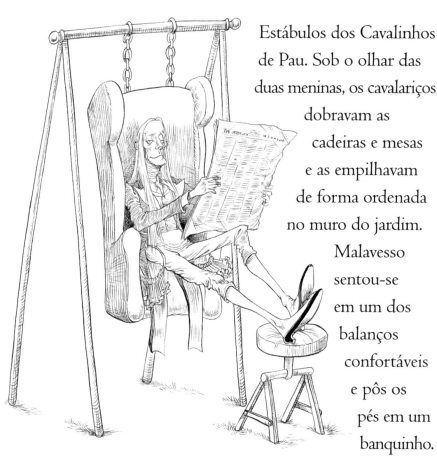

Estábulos dos Cavalinhos de Pau. Sob o olhar das duas meninas, os cavalariços dobravam as cadeiras e mesas e as empilhavam de forma ordenada no muro do jardim. Malavesso sentou-se em um dos balanços confortáveis e pôs os pés em um banquinho. Tirou do bolso um jornal todo amarfanhado, que abriu e começou a ler.

— Andem, andem! — A voz de Malavesso soou por trás do exemplar do *Observador de Londres*. — Quero esse jardim completamente vazio.

— Aquele é o jornal do meu pai! — exclamou Ada indignada. — Se ele estivesse aqui ficaria muito zangado com Malavesso por tê-lo amassado tanto.

— Olhe — disse Emily. — Arthur está ali!

Arthur Halford trabalhava nos Estábulos dos Cavalinhos de Pau e também era integrante do Clube do Sótão, que se reunia secretamente uma vez por semana no sótão do Palácio Sinistro para compartilhar observações. Ada, Emily e William também eram membros, assim como Ruby, a criada da despensa externa, e Kingsley, o zelador responsável pela chaminé. Kingsley era muito novo para ser limpador de chaminés, mas o antigo zelador tinha fugido com uma das antigas preceptoras de Ada, Hebe Poppins.

Ada e Emily acenaram para Arthur, que pôs no chão a espreguiçadeira que tentava fechar e foi depressa até o portão.

— Temos de deixar essa área toda vazia, pronta para receber a Casa dos Espelhos que será montada — disse ele. — O Grande Mão na Massa do Palácio Sinistro vai acontecer aqui, segundo Malavesso, embora nenhum dos cavalariços tenha ouvido isso antes.

— Pare de perder tempo, Halford! — gritou Malavesso por trás do jornal de Lorde Gotic.

— É melhor eu voltar ao trabalho — observou Arthur, dando de ombros. — Vejo vocês no Clube do Sótão mais tarde.

Ada e Emily se despediram e tinham acabado de se afastar do portão quando a pomba pousou sobre ele.

— O que diz aí? — perguntou Emily, de olhos arregalados, enquanto Ada desenrolava a mensagem.

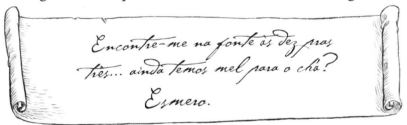

... leu Ada.

— O que *isso* significa? — indagou Emily.

— Não sei ao certo — respondeu Ada. — Lorde Sydney é um tanto misterioso...

— Mal posso esperar para conhecê-lo! — exclamou Emily.

Às dez pras três, Ada, Emily e seu irmão, William, que tinha achado as calças, estavam a postos na Fonte Excessivamente Ornamentada. Não havia sinal de Lorde Sydney Esmero. William apoiou a testa num peixe dourado de pedra e assumiu um tom de mármore musgoso.

— Queria saber onde ele está — disse Emily, montando seu banquinho e pegando as tintas de aquarela.

— Agora vejamos, o que eu pinto hoje? — murmurou consigo mesma, olhando para a fonte. Ela era coberta de estátuas: sereias, Tritão e seus cavalos marinhos dividiam o espaço com golfinhos saltitantes e deuses náuticos recostados; multidões de bebês da água aglomerados em torno de conchas, e grupos de adolescentes aquáticos escondidos atrás de corais ondulados. A fonte tinha tantas estátuas que só restava um espacinho de nada para um laguinho no qual caía um filete de água, saindo da boca de um monstro marinho com ar mal-humorado, conhecido como "Mocho Dick".

— Acho que... aquele — resolveu Emily, abrindo seu bloco e começando a esboçar um tritão vestido

com uma capa comprida e um chapéu alto ornado com algas. Ele estava montado em um golfinho.

— Que estranho — disse Ada, olhando para o esboço de Emily e depois para o tritão. — Não sabia que os tritões usavam chapéus...

— Esse aqui usa! — exclamou a estátua, saltando do golfinho e descendo da fonte, encaminhando--se na direção das crianças. Ao fazer esse movimento, uma nuvem branca se formou em volta do chapéu e de seus ombros.

— Lorde Sydney! — exclamou Ada. — Você estava aí o tempo todo! Que esperto!

Lorde Sydney saltou da fonte, sacudiu a capa e tirou as algas do chapéu, sorrindo.

— O disfarce é uma ferramenta muito útil em minha área de atuação — disse ele modestamente.

— E a farinha é uma ferramenta muito útil para disfarces. Seja como for, preciso dizer que captou muito bem a essência, senhorita Cabbage — prosseguiu ele, fitando o desenho de Emily por cima de seu ombro. — Você tem um grande talento. E você também, William!

William o encarava com a boca semiaberta, claramente impressionado.

— Quando for mais velho, venha me procurar, William. Acho que você pode ter um futuro promissor. Falando nisso, o que o futuro reserva para sua camareira, senhorita Gotic?

— É sobre isso que quero conversar com você — disse Ada.

Lorde Sydney a pegou pelo braço e começaram a caminhar devagar ao redor da fonte excessivamente ornamentada. Emily continuou pintando, e William se deitou a seus pés, assumindo a cor do cascalho. Os dois ouviam tudo atentamente.

— Sabe — começou Ada —, a proposta de casamento feita por seu amigo Simón fez vir à tona um monte de lembranças em Maribondosa. Ela diz que o ama, mas a ideia de sair de meu armário a deixa muito nervosa e apavorada. Ruby pensou que, em vez de ela ter de sair, talvez Simón pudesse vir ao Palácio Sinistro — acrescentou Emily, sem tirar os olhos da pintura.

— Ah, sim, Ruby a criada da despensa externa — disse Lorde Sydney, com um sorriso astuto. — Soube que ela é ótima em decoração de bolos. O Clube do Sótão é cheio de jovens talentosos!

— Você sabe do Clube do Sótão? — indagou William, sentando-se. — Mas ele é secreto!

— Seu segredo está a salvo comigo — assegurou Lorde Sydney. — Mas ter dois ursos no armário, senhorita Gotic! Temo que não seja possível.

— Mas deve haver algo que possamos fazer — replicou Ada.

Duas pombas vieram voando e pousaram nos ombros de Lorde Sydney, uma de cada lado. Houve uma pequena pausa enquanto ele lia as mensagens e mandava-as embora com suas respostas.

— Nesse momento estou bastante ocupado com esse festival. Tenho de planejar as entregas, pintar as carruagens, organizar as bandas do povoado, isso para não mencionar outras questões... — disse ele, com tom de mistério. Depois se virou para Ada e deu umas batidinhas em sua mão. — Mas vou pensar um pouco a respeito desse problema. Agora, queira me desculpar, senhorita Gotic, mas preciso ir até o povoado para umas aulas de dança e ainda preciso fazer minha saia de palha...

Capítulo cinco

Pelo resto da tarde, Ada e Emily exploraram os Fundos do Jardim de Além (inacabado). Para Ada, aquela era a parte favorita do terreno: a área que o famoso arquiteto paisagista Metafórico Smith não teve oportunidade de terminar. Ali no centro havia O Jardim Secreto e, depois dele, passando por uma portinha, havia O Jardim Ainda-Mais-Secreto. Era lá que Ada e Emily cultivavam as inusitadas plantas que tinham descoberto na "Estufa da Harmonia"* de Metafórico Smith.

As meninas perderam a noção do tempo, e já escurecia quando finalmente

Nota Palmípede de Pé de Página

*A Estufa da Harmonia foi construída por Metafórico Smith para o cultivo de plantas delicadas, originárias de países muito quentes. Ele não acreditava em atirar pedras em telhados alheios.

resolveram voltar para casa. Decidiram não passar pelas cozinhas, pois ainda podiam estar repletas de cozinheiros. Entraram então pela ala oeste, pelas janelas bizantinas do Terraço Veneziano.

— Quem poderia imaginar que uma planta ovo-de-páscoa teria cheiro de chocolate? — comentou Emily.

— Vejo você amanhã no café da manhã — avisou Ada, acenando um adeus lá do início da escada.

— Podemos replantar o gerânio púrpura — retrucou Emily, já atravessando o largo corredor de mármore em direção à ala leste.

Ada subiu a escada até seus aposentos, no

ÁRVORE TAMTAM

PLANTA OVO-DE-PÁSCOA

O GERÂNIO PÚRPURA DO CAIRO

segundo andar da ala oeste. Gostaria de poder subir deslizando pelo corrimão, como fazia Lucy Bórgia, mas a preceptora havia dito que ela ainda não estava preparada para as aulas de levitação. Ada abriu a porta do enorme quarto e, ao entrar, viu o jantar esperando por ela na mesa-mais-que-esporádica. Sentou-se e, ao levantar o domo prateado, sentiu o cheiro de queimado, então uma

tênue nuvem de fumaça se espalhou pelo ar. Ada viu uma pequena chaleira de vidro com o bico em formato de rouxinol borbulhando sobre uma vela. O vapor saía pelo bico do pássaro produzindo um assovio melódico e assustador. Perto da chaleira havia uma tigela e uma colher sobre uma cama de palha, além de um cartãozinho...

Ada pôs um pouco da sopa na tigela e encheu a colher com o líquido quente e aromático. Provou. Era a sopa mais deliciosa que ela já havia experimentado!

Quando terminou, percebeu que ainda estava com o lápis de Emily pendurado no pescoço. Pegou o cartãozinho, virou o verso e escreveu...

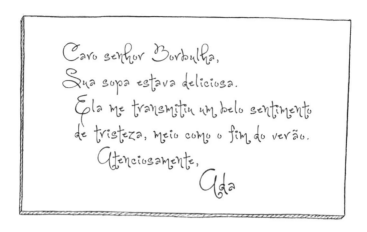

Pôs de volta o cartãozinho ao lado da tigela vazia e da chaleira de vidro, apagou a vela e fechou tudo com o abafador prateado. Lançou um olhar para o divã de dálmata e notou que Maribondosa havia deixado ali sua capa preta de veludo.

— Espero que esteja se sentindo melhor — disse Ada, dirigindo-se para a porta fechada do armário e obtendo um grunhido baixo como resposta. — Deixei um exemplar do livro de meu pai na lareira para você.

Ada vestiu a capa, pegou seu guarda-chuva de esgrima e se dirigiu aos telhados.

✾

Era uma noite bonita, clara, com uma lua não inteiramente cheia reluzindo sobre as chaminés ornamentais, que projetavam sombras oblíquas nas telhas de pedra.

A menina ergueu os olhos para avistar a janela de uma pequena torre no topo da cúpula central do Palácio Sinistro. Estava tudo escuro, o que queria dizer que Lucy Bórgia ainda não tinha acordado.

Nesse exato momento, viu um vulto sinistro passar diante da lua. Enquanto observava,

Ada percebeu que a forma no céu se avolumava. Era um balão! Sob a claridade do fogo, Ada viu três figuras de olhos escuros e rostos brancos olhando para baixo, lá do cesto do balão. Uma delas se debruçou em um dos lados do cesto, enquanto o balão se aproximava dos telhados, e chamou Ada.

— Menina, ei, menina — disse ele. — Por um acaso aqui é o Palácio Sinistro?

— Lar do famoso poeta da Bicicleta, Lorde Gotic? — acrescentou um de seus acompanhantes, ajustando os óculos.

— É, sim — confirmou Ada, dando um passo atrás e segurando com mais força seu guarda-chuva à medida que o balão se aproximava, passando pelas quatro chaminés chamadas Os irmãos Grimm e as irmãs Jolly. — Lorde Gotic é meu pai.

— Então você deve ser a senhorita Gotic — disse o terceiro passageiro, com uma voz suave e cadenciada. Usava uma enorme peruca empoada e uma echarpe preta de seda em volta do pescoço.

Quando se aproximou ainda mais, Ada pôde ver que o cesto do balão estava repleto dos mais variados

PENDENTE & DOCEMOU

Delicatéssen
da
Noite

mantimentos: pães enormes, garrafas de azeite, embutidos defumados envoltos com barbantes. O que não coube dentro do cesto vinha amarrado a ele ou pendurado em sacos presos numa corda.

— Didier Pendente e Gérard Docemousse, da Delicatéssen da Noite — apresentou-se o sujeito de óculos. Aparentemente também usava peruca, embora Ada não tivesse

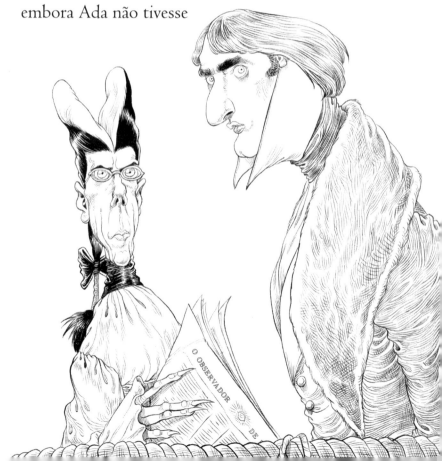

muita certeza. — E esta é nossa balonista, Madame Grand Gousier. — Os três assentiram com rigidez, e nenhum deles sorriu ao encará-la friamente. O balão pairava sobre O Velho Fumeiro, e Ada ouviu um som de alguém fungando vindo de dentro do cesto.

— Temos entregas a fazer — explicou Didier Pendente — para os participantes do Grande Mão na Massa... — Ele deu uma olhadinha no exemplar do *Observador de Londres* que trazia na mão. — Acreditamos que sejam os cozinheiros mais famosos da região.

— Heston Borbulha certamente é muito bom — interrompeu Ada.

— Não tenho como falar dos demais por ora, mas todos me pareceram muito preparados...

— Parecem *deliciosos* — disse Madame Grand Gousier, mexendo no queimador e produzindo uma chama amarela que fez o balão subir mais uma vez.

— Vamos fazer nossa entrega na... entrada comercial — Gérard Docemousse estremeceu ao dizer "comercial". — Então seguiremos em frente. *Bonne nuit*, Mademoiselle Gotic — despediu-se rigidamente.

Ada viu o balão se afastar, por cima dos telhados, passando pela cúpula e descendo na ala leste. E o perdeu de vista quando ele aterrissou próximo das cozinhas, do outro lado da construção.

Ao se virar, viu que uma pomba tinha pousado a seu lado no telhado. Leu a mensagem que ela havia trazido.

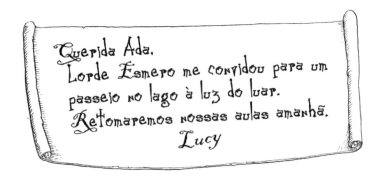

Querida Ada,
Lorde Esmero me convidou para um passeio no lago à luz do luar.
Retomaremos nossas aulas amanhã.
Lucy

Ada não pôde evitar seu desapontamento. Estava ansiosa pelas aulas de esgrima com guarda-chuva e, além do mais, tinha curiosidade em saber o que a preceptora achava desse pessoal da Delicatéssen da Noite. Ada não teve uma boa impressão deles.

Subiu no alto da Antônio e Cleópatra, que era uma de suas chaminés favoritas. Ela adorava a esfinge de pedra que servia de suporte para os dois dutos da chaminé. Estava a ponto de percorrer seu dorso na ponta dos pés quando uma cabeça cheia de fuligem surgiu de Antônio.

— Achei que a encontraria aqui — disse a tal cabeça.

Ada enrubesceu. Era Kingsley, o zelador das chaminés.

Ele saiu de lá de dentro e soprou os dois esfregões que trazia presos nas costas, levantando uma nuvem de fuligem. Depois pegou um pano encardido, limpou o rosto e as mãos, e foi se sentar ao lado de Ada no dorso da esfinge.

— E a Estufa da Harmonia? Descobriu alguma planta interessante recentemente? — perguntou o menino.

— Pegamos uma muda de árvore tamtam — respondeu Ada. — E ela parece estar crescendo direitinho. Acho que gosta quando Emily e eu conversamos com ela...

— Que estranho — observou Kingsley.

— Na verdade não é, não. Nós elogiamos suas folhas desabrochando e os troncos nodosos...

— Não, não estou falando da árvore — interrompeu Kingsley, apontando para O Velho Fumeiro do outro lado dos telhados. — Estou falando *daquilo*.

Ada olhou para lá. Um fio de fumaça saía da chaminé torta.

— O Velho Fumeiro não é usado há anos — observou Kingsley. — Acho melhor eu ir investigar isso.

— Posso ir junto? — pediu Ada na maior animação. — O Velho Fumeiro vai dar aonde?

Kingsley se levantou devagar e coçou a cabeça pensativo.

— Se me lembro bem, numa velha caldeira — disse ele, estreitando os olhos. — Na Adega dos Uivos.

Kingsley era ainda melhor que Ada escorregando pelos corrimãos, então, em um piscar de olhos, estavam no chão de mármore da grandiosa entrada do Palácio Sinistro. Ao passar pelos grupos de estátuas espalhadas por aquele enorme espaço, Ada tratou de reparar bem em cada uma delas para ver se alguma era, na verdade, Lorde Sydney disfarçado. Dobraram no canto em que ficavam as Três Graças em formato de pera — pela luz do luar filtrado pela cúpula, Ada tinha certeza de que nenhuma era uma pessoa disfarçada —, e chegaram à entrada da Adega dos Uivos, onde Ada tinha dado de cara com Malavesso mais cedo. Era uma portinha em forma de arco, que se abria numa estreita escada de pedra e descia em direção ao breu. Do centro do arco, a cabeça esculpida de um lébrel irlandês careca olhava para Ada. Kingsley pegou uma vela do candelabro de ferro que havia na parede e a ergueu.

Ada evitou o olhar sinistro do lébrel quando seguiu Kingsley escada abaixo. As paredes úmidas brilhavam à luz da vela, e teias de aranha que mais pareciam tapeçarias cinza flutuavam sobre a cabeça dos dois.

No pé da escada, Kingsley e Ada fizeram uma pausa e olharam em volta. Em meio às trevas, conseguiram divisar fileiras de estantes de pedra, repletas de garrafas empoeiradas, separadas por estreitos corredores que se perdiam de vista. O que fez Ada se lembrar do labirinto de que havia lhe falado a amiga Sirene Sesta, onde vivia Abba,* o minotauro sueco depressivo.

Kingsley indicou uma passagem no chão onde se via uma leve nesga de luz.

— O aposento da caldeira deve ser lá embaixo — sussurrou.

Ada o seguiu em meio às estantes de garrafas empoeiradas. No caminho, passou o dedo no rótulo de uma delas.

Nota Palmípedo de Pé de Página

*Abba, o minotauro sueco depressivo gosta de arenque em conserva, de casacos tricotados e de longos passeios debaixo de chuva. Ele compõe músicas-chiclete chatíssimas em sua lira escandinava.

ABBA, O MINOTAURO

Não lhe pareceu nada bom.

De repente, um som ecoou na adega, deixando-os paralisados.

Longo, baixo e melancólico, era sem dúvida o som de um ganido.

Capítulo seis

D e repente, apareceram por trás deles dois poodles enormes, um preto como a noite, e outro de um branco fantasmagórico.

Latindo e ganindo, avançavam pelos corredores em meio às estantes, com as unhas arranhando a laje do chão. Ágil como um rato, Kingsley subiu num relógio de parede, pulou para uma das prateleiras de pedra e estendeu o braço para puxar Ada. Os dois poodles sequer hesitaram antes de passar em disparada, os rabos de pompom sacudindo, seus uivos cada vez mais agitados. No fim do corredor, pararam e começaram a arranhar uma grande porta de metal por baixo da qual se via a nesga de luz. Os ganidos ecoavam nas sombrias arcadas da adega. Havia duas enormes garrafas de champanhe na estante, uma ao lado de Ada, outra de Kingsley, e eles tiveram de tomar o maior cuidado para não as deixarem cair e se espatifarem no chão.

— Belle, minha Belle! E Sebastian, *mon chéri!* — dizia a voz suave e cantarolante de Madame Grand Gousier. A porta se abriu apenas o bastante para que os poodles pudessem passar. — O crepe está pronto! — Ouviram eles enquanto a porta metálica se fechava.

— Quem era essa? — perguntou Kingsley atordoado. — E o que estão fazendo na sala da velha caldeira?

— É Madame Grand Gousier, a balconista. Esses poodles devem ser dela — respondeu Ada. — Ela veio com os comerciantes que vieram trazer mantimentos para o concurso Mão na Massa. Pelo menos foi o que *disseram* que estavam fazendo...

Nesse instante, a porta se abriu novamente e Malavesso veio entrando de costas.

— Avisem-me se houver alguma outra coisa de que precisem — ciciou ele — para fazer sua estada mais... — Bateram a porta na sua cara, interrompendo-o — ... confortável.

Malavesso se virou e se afastou depressa, reclamando entre dentes.

— Definitivamente ele está tramando alguma coisa, e isso não me cheira nada bem — observou Ada, depois que ele foi embora. — Queria que meu pai estivesse aqui.

— Eu também — concordou Kingsley. — Mas até ele voltar da excursão de divulgação do livro, o Clube do Sótão precisa ficar de olho bem atento nessas coisas.

Rastejaram de cima da estante de vinhos, tentando fazer o mínimo de barulho possível, e saíram da Adega dos Uivos, indo em direção ao hall de entrada.

— Falaremos sobre isso tudo amanhã no Clube do Sótão — disse Ada, quando passaram diante da escultura das Três Graças.

— Enquanto isso, vou pedir que William siga Malavesso para onde quer que ele vá. William é muito bom em não ser visto.

— Ah, eu não me preocuparia — disse a quarta Graça, afastando-se das outras três e descendo do pedestal.

— Lorde Sydney! — exclamou Ada. — Você me deu o maior susto.

— Desculpe-me, senhorita Gotic — pediu Lorde Sydney, tirando o lençol sujo de farinha. — Mas deixe Malavesso comigo. Farei um relatório completo para seu pai quando ele voltar do Distrito do Lago.

Lorde Sydney tirou do bolso um bilhetinho enrolado.

— Neste exato momento ele está se protegendo de uma tempestade sob um arbusto de tojo, com os amigos poetas William Wordsuéter e Alfred, Lorde Tenissola.* Lorde Sydney virou-se para Kingsley e sorriu.

WILLIAM WORDSUÉTER

— É melhor você se recolher, Kingsley. Vai ter um dia cheio pela frente, ajudando a montar a Casa dos Espelhos para o festival. Esse é um trabalho para jovens que não têm medo de altura.

ALFRED LORDE TENISSOLA

— É... claro... acho que é — disse Kingsley. — O que é uma Casa dos Espelhos?

— Você vai ver — respondeu Lorde Sydney,

Nota Palmípede de Pé de Página

*William e Alfred têm um barquinho que usam alternadamente no lago Windermere para visitar o amigo Edward Turquia, que mora em uma colina.

97

caminhando a passos largos pelo chão de mármore e escrevendo no verso do bilhetinho. Ao chegar à porta da frente, virou-se e fez uma reverência antes de sumir na noite.

Ada deu boa noite a Kingsley e subiu a escada até seu quarto. A cabeça dava voltas. Com certeza tinha sido um dia bem intenso. Primeiro viu sua camareira pela primeira vez e descobriu que esta era uma ursa; depois os renomados cozinheiros chegaram à cozinha da senhora Bate'deira; os comerciantes da Delicatéssen da Noite surgiram num balão, e ela precisou fugir de dois poodles gigantescos na Adega dos Uivos. O que eles estariam fazendo lá embaixo? Não foi nem um pouco com a cara daqueles comerciantes e de seus cachorros.

Maribondosa tinha separado uma camisola e deixado no divã de dálmata. Ada tirou a roupa e pôs a camisola. Depois subiu em sua cama de oito colunas e apagou a vela que ficava na mesinha de cabeceira.

— Sem dúvida terei muito o que contar no Clube do Sótão amanhã — murmurou, bocejando.

✿

Na manhã seguinte, durante o café da manhã, encontrou Emily tomando chá e William praticando camuflagem com a torrada quentinha e amanteigada. Naquele dia, começariam oficialmente os preparativos para o festival e a casa exalava agitação.

Ada também estava empolgada, mas não conseguia abandonar a sensação de que havia algo estranho acontecendo. Além do mais, Maribondosa a preocupava, e dali a dois dias era seu aniversário, o que provavelmente seria esquecido por todos mais uma vez. Tudo isso deixava Ada em um estado meio estranho.

— Não brinque com a comida, William — ordenou Emily, pousando a xícara e dando uma mordida numa bomba de chocolate em forma de Príncipe Regente.

—Tem bolo para o café da manhã? — perguntou Ada.

— Uma enorme variedade para se escolher — respondeu Emily, apontando na direção do bufê jacobeano. — Acho que os cozinheiros andaram praticando.

Ada se espantou. Emily tinha razão. Em cima do bufê, uma quantidade enorme de iguarias se empilhava.

Havia uma pilha de macarrons em forma de pedra, colados uns aos outros com coalhada de limão, feita pelos Alpinistas Barbudos. Ao lado dela estava o enorme bolo de chocolate em um lago de chocolate derretido, da Nigellina Colher de Pau, e os croissants olhos--lacrimejantes, de Gordon Trombudo. Paola Mortadela havia preparado uma dezena de bolos em miniatura perfeitos, mas foi a última criação que atraiu o olhar de Ada: uma belíssima escultura de princesa, feita com brioche torrado sobre uma espécie de almofada de

MEMORIAL DE MACARRONS DA CÚMBRIA

BOLO DE CHOCOLATE INVERTIDO PARA LAMBEDORES DE DEDOS

CROISSANTS EXTREMAMENTE CRUZADOS, SALPICADOS DE PIMENTA

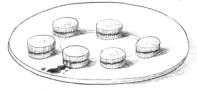
PÃES DE LÓ DA JOVEM VITÓRIA, COM GELEIA SURPRESA DE AMEIXA

ovos mexidos macios, dos quais saiam, como raios de sol, uns fiapos de queijo que até pareciam dedos esponjosos. Ao lado dela, havia um cartão que dizia:

EU DEVERIA COMPARÁ-LA COM UMA SOBREMESA DE VERÃO?
BRIOCHE DE CAFÉ DA MANHÃ COM CHAMAS SOLARES DE QUEIJO STILTON.
Com os cumprimentos de
HESTON BORBULHA

O prato seguinte continha um biscoitinho e um enrolado de bacon um pouco bagunçado.

— São os pastéis Inocência e Experiência de William Flocos —

INOCÊNCIA E EXPERIÊNCIA

esclareceu Emily. — Eu prefiro essa bomba feita por Felipe Inox. As calças de chocolate estão deliciosas!

BOMBA DE CHOCOLATE EM FORMA DE PRÍNCIPE

✽

Ada pegou um pouco do brioche com ovos feito por Heston Borbulha, tão gostoso quanto parecia. Nesse momento, ouviu-se o som de rodas de carruagem se aproximando pelo caminho de cascalho. Emily levantou de um salto e correu até a janela para espiar.

— Eles chegaram! Eles chegaram! — exclamou a menina animadíssima. — Os pintores chegaram!

Ada e William foram se juntar a Emily na janela.

Uma diligência tinha estacionado em frente aos degraus, e um grupo de homens bem estranhos saía lá de dentro. Todos carregavam cavaletes, caixas de tinta, pincéis e telas que teimavam em ficar entalados nas janelas, ou caíam no chão à medida que os ocupantes da diligência se espremiam para passar pela porta.

A própria diligência parecia bem maltratada, embora a pintura estivesse reluzente. Vinha puxada por quatro cavalos enormes, com placas metálicas atadas nos bridões; nelas se liam: "Ticiano", "Rembrandt", "Damian" e "Tracey". Na lateral da diligência havia um letreiro decorativo com os seguintes dizeres: "Beleza pelo preço de um tíquete de rifa".

— Pintores de verdade! — exclamou Emily com um suspiro, agarrando sua caixa de aquarela e seu portfólio. —Vamos lá, Ada, vamos conhecê-los!

Ada nunca tinha visto Emily tão animada, nem quando elas descobriram o gerânio púrpura do Cairo crescendo atrás do Velho Depósito de Gelo.

Emily pegou Ada pela mão e a puxou escada abaixo; cruzaram o hall e passaram pela porta da frente até chegar ao topo da escadaria externa. Todos os pintores já tinham conseguido sair da diligência, embora um deles, um homem enorme com uma barba maior ainda, estivesse com dificuldade para deixar seu assento no teto, já que seus tamancos de madeira não cabiam nos degraus da escada fixada do lado do veículo.

Eles fizeram uma fila ao pé da escada, e o líder do grupo, um sujeito baixinho com um chapéu de copa compridíssima e uma expressão que se poderia dizer intensa no rosto, pigarreou.

— Somos os pintores mais célebres da Inglaterra! — anunciou. — Nossas pinturas foram reproduzidas em caixas de bombons e formas de bolo por todo país, mas não acreditamos que devemos vender nossos quadros àquele que der o maior lance.

Ele sorriu e tirou do casaco um rolo de tíquetes numerados.

— É preferível que o humilde amante da arte tenha a chance de ganhar uma bela pintura gastando apenas um centavo!

— Que ideia incrível! — exclamou Emily.

— Caras senhoritas — disse o pintor, tirando o chapéu de copa compridíssima. — A Irmandade dos

Duplirrafaelitas está a seu dispor. Sou J.M.W. Nabo, e esses são meus colegas, Romney Carneiro, Maxim Trompad'Óleo, Retaco George e... — Ouviu-se um sonoro baque e um barulho de cascalho se quebrando quando o homenzarrão de barba enorme desceu

do teto da diligência. — ...E nosso muito querido amigo, Sir Stephen Redoma, o cartunista que sapateia com tamancos.

Sir Stephen Redoma se ergueu e o estrépito no chão de cascalho foi ainda maior quando ele se pôs a fazer uns passos de dança pesadões.

— Sua modéstia o impede de contar — prosseguiu J.M.W. Nabo. — Mas Sir Stephen é famoso por sua caricatura do Príncipe Regente em forma de linguiça de Cumberland.

— Cavalheiros — disse uma voz seca. Ada se virou e viu que Malavesso tinha surgido sorrateiramente e estava parado atrás dela. — Os quartos dos senhores já estão preparados na ala leste. Enviarei criados para carregar vossas bagagens.

Nesse instante, o sol desapareceu por trás de nuvens negras, e Ada ouviu ao longe um rugir de trovão.

— Isso nas suas costas é uma caixa de aquarelas? — perguntou J.M.W. Nabo a Emily.

— É, sim — respondeu Emily, sorrindo toda encantada.

— Excelente! — exclamou J.M.W. Nabo, batendo palmas antes de olhar para o céu. — Leve-me então até a árvore mais alta da propriedade. Não temos tempo a perder!

VELHO INTRÉPIDO

Capítulo sete

.M.W. Nabo desceu os degraus atrás de Emily, atravessou o Parque dos Cervos Adoráveis, onde o rebanho de cervos ornamentais extremamente caros pastava tranquilamente, junto à coleção de ovelhas oblongas e vacas retangulares de Lorde Gotic.

— Aonde Emily está indo? — perguntou Arthur Halford a Ada. Ele e os outros criados tinham acabado de chegar dos Estábulos dos Cavalinhos de Pau.

— Não é da sua conta, Halford — sibilou Malavesso. — Descarregue a bagagem e a leve para o terceiro andar da ala leste. E depressa!

Arthur e os outros rapazes puseram mãos à obra. Dentro da diligência havia uma pilha alta de baús, cavaletes e portfólios, além de quatro bolsas de tecido pertencentes a Sir Stephen Redoma amarradas no teto.

— Nos vemos esta noite no Clube do Sótão — sussurrou Arthur para Ada, antes de entrar atrás dos outros criados.

Ada se afastou dali e atravessou o Parque dos Cervos Adoráveis; nuvens negras de tempestade se acumulavam no céu. Sabia exatamente onde Emily tinha ido. Estava levando J.M.W. Nabo até a árvore mais alta da propriedade, o Velho Intrépido, um exemplar antigo e bem copado, enraizado no meio do parque. Debaixo dele há um coreto no qual a Banda de Parvoíce, um grupo

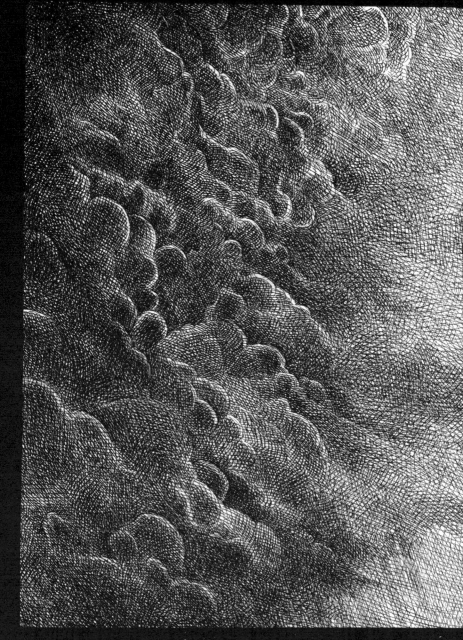

musical do vilarejo, toca instrumentos inusitados aleatoriamente, de dia ou de noite.

Como previsto, quando Ada se aproximou, viu Emily e J.M.W. Nabo sob a copa da árvore.

O pintor havia tirado seu casaco e o chapéu de copa compridíssima, deu tudo para Emily segurar, e pôs a caixa de aquarela dela nas costas. Virou-se para a árvore e começou a escalar seu tronco nodoso. Ada viu que ele levava um bloco na boca, já que usava os dois braços para se agarrar aos galhos e impulsionar o corpo para cima.

— Isso é tão emocionante! — disse Emily. — Ver um verdadeiro pintor em ação! O senhor Nabo pinta tempestades e pores do sol, Ada. Ele disse que não há altura o bastante que um artista não suba em busca do melhor ângulo!

Ada e Emily olharam para cima. J.M.W. Nabo estava seguindo à risca suas palavras. Estava quase no topo da grande árvore, num galho fino e sacolejante. O vento tinha aumentado, e um trovão retumbou. Enquanto elas o fitavam, ele desabotoou o cinto e o usou para se atar ao galho. Depois pegou um lápis atrás da orelha, tirou o bloco da boca, o abriu e...

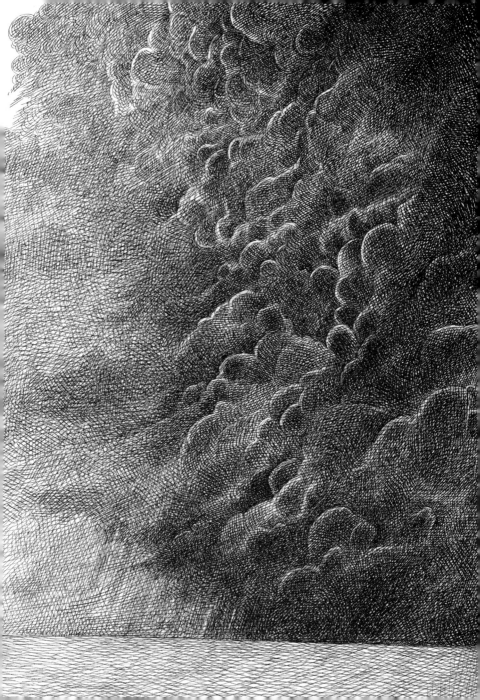

As nuvens se dissiparam, e o sol voltou a brilhar sobre o Palácio Sinistro e o Parque dos Cervos Adoráveis. Tão rápido quanto haviam se formado, as nuvens carregadas se afastaram e foram substituídas por um claro céu azul.

Atado ao mais alto galho do Velho Intrépido, J.M.W. Nabo parecia absolutamente abatido.

— É pedir demais querer uma inesperada tempestade de verão? — reclamou ele, o pulso erguido para o céu. — Uma ou outra tempestade? Um turbilhão de vez em quando? Copas de árvores, campanários de igrejas, mastros de embarcações navegando! Já me amarrei a tudo isso — lamentou.

— E toda vez... — Fechou de um golpe o bloco — ... toda vez *isso* acontece! — J.M.W. Nabo protegeu os olhos para olhar em direção ao sol. — Vou ter de me conformar com os pores do sol... — murmurou, enquanto se desatava e começava a descer da árvore.

— Se ao menos não fossem tão pitorescos...

Ada e Emily aguardaram pacientemente sob a árvore até que J.M.W. Nabo chegasse no chão. Emily entregou a ele seu casaco e o chapéu, e ele devolveu a caixa de aquarela.

— O senhor está bem? — perguntou Emily.

— Ah... é... estou, minha cara — respondeu ele, vestindo o casaco e recolocando o chapéu na cabeça. — Eu só queria, às vezes, que minhas pinturas não fossem tão belas.

— Adoraria vê-las — disse Emily.

— Verá, minha cara — asseverou J.M.W. Nabo, com o rosto iluminado. — Na nossa exposição e no sorteio do Festival da Lua Cheia... Falando nisso — prosseguiu ele, olhando através do parque para o caminho de cascalho —, aí vem a Casa dos Espelhos, naquela imensa carreta cumbriana.

Entrando pelos portões e avançando ruidosamente pela alameda vinha a maior carreta que Ada já vira na vida. Era puxada por um time de oito touros peludos* e pilotada por uma dama de chapéu de aba larga e óculos escuros.

Ada, Emily e J.M.W. Nabo voltavam para a casa.

   Malavesso apareceu no topo da escada quando a carreta cumbriana parou na entrada do Palácio Sinistro.

   — Casa dos Espelhos — anunciou a dama de chapéu de aba larga. — Onde quer que eu deixe?

*Touros peludos são muito mal--humorados, particularmente quando escovados. Também são bem fedidos e produzem um leite de gosto azedo. Também são conhecidos como iaques nojentos.

— Lá nos fundos — respondeu Malavesso. — O zelador das chaminés vai lhe mostrar o caminho.

Ada viu Kingsley vir dos Estábulos dos Cavalinhos de Pau até a frente do Palácio. Um bando de cavalariços saiu pela porta principal e se juntou a ele.

De algum canto das profundezas do Palácio Sinistro ecoou um longo uivo angustiado.

— Tenho outros assuntos para resolver. Então, Kingsley está no comando — disse Malavesso aos criados, então virou-se e entrou apressado, batendo a porta atrás de si.

A carreta cumbriana entrou em movimento novamente enquanto Kingsley, Arthur e outros criados andavam na frente dos touros peludos, indicando a direção do jardim da sala de estar.

— Bem, já que está um dia tão bonito, acho que terei de fazer uns esboços de paisagem — comentou J.M.W. Nabo sem muito entusiasmo.

— Posso desenhar com você? — perguntou Emily, com os olhos arregalados de tanta animação.

— Eu ficaria encantado — respondeu J.M.W. Nabo, num tom entusiasmado. — Tem um lugar bem interessante por ali — disse ele, apontando para o Monte da Ambição —, que nos oferecerá excelentes panoramas.

— Mas não íamos replantar o gerânio púrpura? — indagou Ada, dirigindo-se a Emily.

— Podemos fazer isso em outra ocasião, Ada — disse Emily, correndo atrás de J.M.W. Nabo, que se dirigia a passos largos para a Hipódromo para cavalinhos de pau.

Ada ficou observando-a partir, sentindo-se abandonada. Depois, virou-se e foi andando pelo caminho de cascalho, seguindo as depressões profundas deixadas pelas rodas da carreta cumbriana. Quando chegou ao jardim da sala de estar, encontrou o maior alvoroço.

Os móveis haviam sido retirados, e os cavalariços corriam de um lado para o outro do gramado, descarregando da carreta as peças da Casa dos Espelhos, tentando não tropeçar ou ficar no caminho um do outro.

— Se quebrarem qualquer um deles são sete anos de azar — gritou a condutora da carreta para a fila de rapazes que transportava com certa dificuldade os grandes espelhos e suas molduras decorativas. — E não façam carinho nos touros! — acrescentou. — Isso só os deixa mais irritados!

Os touros, ainda arreados, ignoravam a comoção a sua volta. Com as desgrenhadas cabeças abaixadas, ruminavam a grama.

Kingsley abriu o manual de instruções e começou a ler.

— Posso ajudar? — perguntou Ada.

— Talvez numa outra ocasião, Ada — respondeu Kingsley distraidamente. Ele coçava a cabeça e virava as páginas. — Se a corda grossa D fica aqui, onde entra a corda grossa E?... Ah, entendi... Então a corda fina dois precisa de duas estacas...

Em volta deles, os criados iam e vinham.

— Cuidado! — Ada deu a volta. Era Arthur Halford, no meio do gramado, cercado de rolos de cordas e pilhas de estacas. — Grossas e finas — indicou ele aos outros rapazes. — Tentem não as misturar. Estacas redondas do lado esquerdo, estacas quadradas do lado direito!

Ada passou pelas vigas, por espelhos decorativos e pela lona de cores reluzentes, que se acumulavam rapidamente no gramado, até se aproximar de Arthur.

— Posso fazer algo para ajudar? — perguntou Ada.
Arthur sorriu para ela.

— Está tudo certo, Ada — respondeu o menino
alegremente. — Temos um método de trabalho.
É quase como cavalgar um cavalinho de pau. Só
precisamos segurar firme e esperar pelo melhor!

Depois de dizer isso, saiu apressado para ajudar o
chefe dos cavalariços, que tinha acabado de ser atingido
no estômago por um touro peludo.

Ada se afastou lentamente. No jardim
do quarto, topou com William, que
havia tirado a camisa e estava belamente
mimetizado a um canteiro de
não-nos-esqueci.

— Não acredito
que... — Ada
começou a dizer.

— Desculpe, Ada
— disse William,
vestindo a camisa
novamente. — Mas

estou atrasado para minha aula de máquina de calcular na sala de estar chinesa. Estava indo para lá quando vi isso... — explicou ele, olhando para as flores roxas e amarelas — e não consegui resistir! Vejo você no Clube do Sótão hoje à noite! — exclamou o menino, já em disparada pelo caminho do jardim e desaparecendo ao dobrar uma esquina.

Ada foi para o jardim da cozinha, onde encontrou William Flocos, o cozinheiro poeta, e Ruby, a encarregada da despensa externa, perto de um forno de ferro com rodas.

— Isso é emocionante — disse Ruby, quando viu Ada. — Estou ajudando o senhor Flocos a fazer seu famoso bolo Jerusalém. É uma receita de tempos remotos...

CARROÇA DE FOGO

William Flocos abriu a porta do forno, deu uma olhadinha lá dentro e voltou a fechá-lo.

— Está crescendo que é uma beleza, Tigre--Tigrinho — constatou sorrindo, e acariciou o gatinho ruivo que tinha vindo se esfregar em sua perna. — Agora, para o glacê...

Ele se aprumou e virou-se para Ruby.

— Ah, Ruby — disse ele radiante. — Traga minha tigela de ouro incandescente, minhas espátulas do desejo, meu batedor de ovos e inúmeras toras... — pediu sorrindo. Virou-se de novo para o forno do qual saía uma fumacinha branda — para alimentar minha carroça de fogo!

— Desculpe, Ada — disse Ruby alegremente. — Tenho de me apressar. Não quero deixar o senhor Flocos esperando.

Ela se virou e correu para a cozinha.

Todos estavam ocupados, pensou Ada, com pesar, enquanto se afastava. Cozinhando, calculando, construindo...

— Todos, menos eu — murmurou com um suspiro.

Capítulo oito

Pelo restante do dia, Ada se manteve ocupada. Foi até o estábulo e pegou o menor cavalinho de pau que encontrou. Ele se chamava Pequeno Timothy. Estava meio enferrujado e era barulhento, mas tinha o tamanho ideal para os pés de Ada tocarem o chão. Do lado de fora do estábulo, a menina viu uma dos

Duplirrafaelitas, Retaco George, pintando o retrato da nova bicicleta de Lorde Gotic, a Poltrona Verde de Lincoln. Sir Stephen Redoma segurava o veículo pelo guidão e abanava a cabeça.

— É um pouco refinada demais para meu gosto — murmurava por trás da enorme barba. — Uma simples tábua entre duas rodas é o suficiente para qualquer homem.

No cavalinho de pau, Ada seguiu pelo caminho calçado e pelo gramado oeste, passando pelo Jardim de Pedra dos Gnomos Alpinos. Outro dos Duplirrafaelitas, Maxim Trompad'Óleo, tinha montado seu cavalete e retratava um gnomo. O quadro era em tamanho

natural e tão realista que Ada teve a sensação de que quase podia entrar nele e tocar o gnomo.

Quando chegou à Hipódromo para cavalinhos de pau, Ada viu Emily e J.M.W. Nabo fazendo seus esboços no alto do Monte da Ambição. Ada acenou, mas eles estavam tão entretidos conversando que nem a notaram.

A menina então seguiu pelo Parque dos Cervos Adoráveis, afugentando os animaizinhos enquanto passava.

Romney Carneiro estava sentado no coreto o "Velho Intrépido" e retratava uma ovelha oblonga que pastava nas proximidades. Como não queria importuná-los, Ada fez uma volta maior, passando em torno da fonte excessivamente ornamentada e por trás do novo depósito de gelo, dirigindo-se em seguida ao Lago da Carpa Extremamente Tímida. Ao chegar ali,

sentia bastante calor. Desceu do cavalinho de pau e se sentou às margens do lago banhado pelo sol. Era tão bonita aquela região que, nos tempos dos anglo-saxões, era uma zona de prados pantanosos.

A Sensata Loucura, uma cópia de um templo grego em perfeitas condições onde Malavesso morava, refletia-se nas águas pacíficas do lago. Não havia nem sinal do guarda-caça. Ada se deitou de costas e ficou olhando para as nuvens brancas e fofinhas no claro céu azul. O que ele estaria aprontando?, perguntou-se sonolenta. Devia falar com Lorde Sydney sobre os estranhos comerciantes e seus poodles, pedir a ele notícias recentes do pai, sem esquecer de Maribondosa...

Quando Ada acordou, uma lua cheia e brilhosa se espelhava na superfície do lago. Ada se sentou, espreguiçando-se.

— Devo ter dormido a tarde toda — disse consigo mesma, levantando-se e subindo no cavalinho de pau. — Também, tenho ido dormir bem tarde nas últimas noites...

Pedalou de volta para casa. Ao se aproximar dos jardins do leste, levou um susto. No centro do jardim da sala de estar viu a Casa dos Espelhos montada.

Kingsley, Arthur e os outros cavalariços tinham feito um ótimo trabalho. A estrutura era magnífica à luz da lua.

Ada foi até a entrada,* que mais de perto parecia um armário. Ela empurrou a porta dupla e entrou.

Por dentro, a Casa dos Espelhos era enorme. As paredes circulares eram recobertas de espelhos com molduras ornamentadas, nos quais Ada se viu refletida centenas de vezes.

— Você dança muito bem — disse uma voz lá do alto. — Tem uma incrível leveza nos pés.

— E você é um parceiro muito elegante... — respondeu uma voz clara e cadenciada, com um tiquinho de sotaque.

Ada olhou para cima. Ali, flutuando no ar, estava sua preceptora, Lucy Bórgia, nos braços de Lorde Sydney Esmero. Lentamente, os dois davam voltas e mais voltas, com Lucy segurando a cintura e o braço de Lorde Esmero. Os claros olhos azuis do lorde não se desviavam do rosto dela. Nos espelhos em volta do casal, Ada só

*A entrada da Casa dos Espelhos foi feita pelo senhor Tumnus, o fauno carpinteiro, e por sua aprendiz, Lucy.

via Lorde Sydney refletido, Lucy não aparecia. A menina forçou uma tosse meio envergonhada.

Lucy e Lorde Sydney olharam para baixo.

— Temos companhia, Lucy, minha querida — disse ele suavemente.

Vieram flutuando até o chão; Lorde Sydney deu um passo atrás e fez uma reverência.

— Encantadoras senhoritas, queiram me desculpar — disse ele. — Mas em minha profissão não se é dono do próprio tempo.

Passou ao lado de Ada e saiu da Casa dos Espelhos antes que ela tivesse a chance de perguntar qualquer coisa a respeito de Malavesso. Ela se virou para a preceptora.

— Todos estão tão ocupados com o Festival da Lua Cheia — reclamou. — E quero ajudar Maribondosa, mas ela não quer sair do armário e Malavesso está tramando algo, tenho certeza, e...

Lucy se aproximou e pegou a mão de Ada. A preceptora tinha a mão fria como gelo.

— Estava conversando com Lorde Sydney — começou ela, com os olhos faiscando. — E contei a ele a talentosa pupila que você é, Ada. Ele ficou muito impressionada com meus relatos sobre sua habilidade com a esgrima de guarda-chuvas.

— Ficou? — perguntou Ada, satisfeita.

— Ah, ficou sim — respondeu Lucy. — Desculpe-me por ter faltado a nossa aula, mas estava ajudando Lorde Sydney com os preparativos para o festival... — Ela olhou para um dos espelhos que cobriam a parede. — Sabe, Ada, não vejo meu reflexo há uns trezentos anos...

Ada pôde ouvir a tristeza na sua voz.

— Uma vez um jovem pintor fez meu retrato. Lorde Sydney é muito parecido com ele.

O pintor disse que aquela era sua obra-prima, mas não sei que fim levou o quadro. Como adoraria vê-lo novamente. — Ada viu os olhos de Lucy se encherem de lágrimas. — Lorde Sydney é um homem bom... Se as coisas pudessem ser diferentes...

A preceptora se virou.

— Desculpe-me, Ada, mas não conseguirei me concentrar nas aulas nesta noite.

Lucy flutuou, com os braços abertos, antes de se transformar num morcego preto e bater asas em direção ao teto da Casa dos Espelhos. Deu uma ou

duas voltas no grande espaço que havia ali dentro, antes de sair em disparada por uma abertura, desaparecendo na noite. Até Lucy estava distraída demais para passar um tempo com ela, pensou Ada com tristeza.

Até que seu estômago roncou. Então Ada se deu conta de que não tinha comido nada desde o café da manhã e o jantar devia estar esperando por ela no quarto. Esperava que fosse algo feito por Heston Borbulha.

Depois disso, precisava comparecer à reunião no Clube do Sótão. Havia muita coisa a ser dita.

Ada se viu refletida em um dos espelhos. Odiava ver Lucy Bórgia tão triste.

Então sorriu para si mesma. O jantar podia esperar; tinha de fazer uma coisa antes...

Capítulo nove

lto e agudo como o grito de uma gaivota tendo as penas do rabo arrancadas, ouviu-se o apito de um veículo a vapor. Ada, que tinha acabado de sair da Casa dos Espelhos, ficou paralisada. Vinda de trás do novo Depósito de Gelo, surgiu uma enorme locomotiva a vapor, com uma alta chaminé preta cuspindo fumaça, uma caldeira cilíndrica e quatro gigantescas rodas de ferro. O veículo puxava quatro vagões pretos com janelas fechadas e tetos pontudos.

O apito soou novamente quando a locomotiva passou pelo portão do jardim da sala de estar e parou ao lado da Casa dos Espelhos.

— Que adorável noite de lua cheia — disse uma voz lúgubre. — Você deve ser a senhorita Gotic.

O sujeito era careca, tinha o rosto pálido, orelhas extremamente pontudas e, como observou Ada, unhas compridíssimas. Estava vestido todo de preto

e, quando desceu da máquina a vapor, foi seguido por uma mulher de rosto igualmente pálido e duas crianças de aspecto desolador.

— Somos os Fogristes — apresentou-se o motorista, com um expressivo gesto. — Meu nome é Vlad. Esta é minha esposa Glad, e aqueles, nossos filhos, Mlad e Blad.

Em seguida apontou um dedo longo e ossudo para a máquina a vapor e os vagões.

— Aquele é nosso Circo da Transilvânia — anunciou ele, sem o menor entusiasmo. — A maior diversão do festival...

Ada olhou para a direção indicada por aquela unha recurvada e leu as letras góticas cuidadosamente pintadas em branco nos telhados pontudos de cada vagão.

"Cocos tímidos", "Darren, a Cabra Reminiscente", "Show dos Morcegos" e na última lia-se "Privado — proibida a entrada".

— É lá que dormimos — explicou Glad, tristonha.

Os quatro trocaram olhares e, depois, voltaram a fitar Ada.

— Não, por favor, não se incomode — disse Vlad, melancolicamente. — Nós mesmos nos acomodaremos. Não precisamos de ajuda. Sempre fazemos isso. Não precisa se preocupar. Se vir Lorde Esmero, pode dizer que estamos aqui?

Os quatro Fogristes observavam Ada com um ar deplorável.

— Estou ansiosa para ver suas atrações — disse Ada, educadamente. Subiu no cavalinho de pau e saiu dali, os Fogristes seguindo-a com os olhos sem piscar.

— Júbilo e regozijo — disse Glad, petrificada.

— Alegria e entretenimento — disseram Mlad e Blad, seríssimos.

— A maior diversão do festival — repetiu Vlad, com sobriedade.

Quando virou na esquina da ala leste, Ada saiu em disparada, fazendo as rodas do Pequeno Timothy correrem pelo caminho de cascalho. Passou pela ala oeste e correu até os Estábulos dos Cavalinhos de Pau. Que gente estranha tinha sido convidada para apresentar atrações de um circo, pensou consigo mesma.

Mas, em vez de parar, Ada seguiu em frente, passando pelos estábulos instáveis, com seus telhados quase caindo e as paredes apoiadas em andaimes, e se dirigiu às partes abandonadas do Palácio Sinistro, na ala quebrada.*

*A ala quebrada do Palácio Sinistro tem muitos quartos abandonados, que contêm coisas interessantes e obscuras, como sapatilhas de rubi, velhas árvores e tapetes turcos enrolados.

Ela era chamada de ala quebrada porque precisava de vários reparos. Ficava nos fundos do palácio, sem ser vista, portanto, e era composta por um emaranhado de cômodos debilitados, alcovas abandonadas e câmaras em ruínas, então, ninguém dava a menor bola para essa área.

A maior parte dos aposentos estava vazia, mas uns poucos abrigavam velhas quinquilharias esquecidas, o tipo de coisa que Ada adorava.

Ela parou e apoiou o Pequeno Timothy na parede, antes de abrir a portinha em arco e entrar. A ala quebrada tinha muitas curvas, corredores cobertos de teias de aranha e podia ser bem confusa, mas Ada e seus amigos do Clube do Sótão já tinham passado bastante tempo a explorando.

Eles escreviam sobre as descobertas que faziam no jornal *Duto da Chaminé*.

Duto da Chaminé

JORNAL DO CLUBE DO SÓTÃO

DEDICADO A EXPLORAR E REGISTRAR RECANTOS, ESCONDERIJOS E BECOS DO **PALÁCIO SINISTRO**.

Nº 1 Branca de Neve e os Sete Anões

LINDA CHAMINÉ DE PEDRA BRANCA E GESSO SERVE A COZINHA PRINCIPAL DO PALÁCIO SINISTRO E O FORNO "INFERNO DE DANTE" DA SENHORA BATE'DEIRA. HÁ UMA SAÍDA DE EMERGÊNCIA NA BASE DA BRANCA DE NEVE.

Nº 4 A poltrona verde de Lincoln

UM DOS MAIS LUXUOSOS CAVALINHOS DE PAU, CONSTRUÍDO ORIGINALMENTE NAS CARROÇARIAS DE MICHIGAN, NA COLÔNIA AMERICANA, PELO REFORMADO GENERAL MOTORS. A POLTRONA ESTOFADA COM COURO VERDE REPOUSA SOBRE UMA ESTRUTURA DE MACIEIRA E CONTA COM UM GUIDÃO EM ESTILO MACARRÔNICO.

Nº 5 Gnomo Mozart "Narigudo" de porcelana

SITUADO NO TOPO DO JARDIM DE PEDRA DO PALÁCIO SINISTRO, ESTE É UM GNOMO ALPINO BEM POPULAR, FABRICADO EM PORCELANA COR-DE-ROSA PELO FAMOSO FABRICANTE DE ORNAMENTOS DE JARDIM MOZART DE SALZBURG. INFELIZMENTE ESSE GNOMO APRESENTA SINAIS DE DANOS PROVOCADOS POR TIROS DE ESPINGARDA.

Nº 2 Assado de Scunthorpe em lagoa borbulhante de chocolate, com um tolo pirulito de açúcar em forma de guarda-chuva.

UM DOS DOCES MAIS POPULARES DA SENHORA BATEDEIRA, O ASSADO DE SCUNTHORPE É FEITO DE MERENGUE SOBRE UMA BOMBA DE SORVETE COBERTA COM CALDA DE FRAMBOESA, E ASSENTADA EM CHOCOLATE QUENTE LIQUEFEITO COM UMAS PITADAS DE SAL DE LÁGRIMAS DE COPEIRAS. DEVE SER APRECIADO DE COLHER.

Nº 3 A dama do véu fino

FREQUENTEMENTE VISTA NO TERRAÇO VENEZIANO EM NOITES DE LUA CHEIA, A DAMA DO VÉU FINO É CONSIDERADA O FANTASMA DE ETHELBERTHA PEZÃO, UMA PRINCESA ANGLO-SAXÃ ANDARILHA. DIZ-SE QUE ETHELBERTHA PEGOU POR UM RESFRIADO FATAL QUANDO PERAMBULAVA PELO PRADO PANTANOSO QUE HAVIA POR ESTAS PARAGENS.

Nº 6 O esbelto dragão vermelho

NOTÁVEL DESENHO DO PAPEL DE PAREDE DO SALÃO CHINÊS DO PALÁCIO SINISTRO, O ESBELTO DRAGÃO VERMELHO TEM UMA CAUDA RECURVADA QUE RECOBRE POR COMPLETO AS QUATRO PAREDES, PRODUZINDO UMA SÉRIE DE BELOS ORNATOS. ASSEMELHA-SE EM ESTILO AO FAMOSO DRAGÃO PÚRPURA CORPULENTO DO PAPEL DE PAREDE DO BANHEIRO DO PRÍNCIPE REGENTE.

Nº 7 Faber & Catella Chapéu Soneto

ESSE CHAPÉU POÉTICO FOI CRIADO POR UNS INTELECTUAIS DE WEST LONDON COM A INTENÇÃO DE APELAR PARA A SENSIBILIDADE DAS JOVENS QUE TEM UMA QUEDA PELA POESIA ROMÂNTICA. FORAM CRIADAS AINDA PRESILHAS ESPECIALMENTE IDEALIZADAS PARA MANTER OS SONETOS NO LUGAR, PRONTOS PARA SEREM LIDOS EM LONGAS CAMINHADAS.

Ada sabia exatamente o que estava procurando, e onde achar. Percorreu em silêncio vários corredores, virando à esquerda, depois à direita até chegar a uma porta que reconheceu. Abriu-a e entrou num aposento longo e estreito. Uma pintura, embrulhada em papel, estava escorada na parede do fundo.

Ada foi até lá e a pegou. Depois saiu do cômodo e disparou pelos corredores com teias de aranha sem olhar para trás. Assim que seu pai voltasse da viagem de divulgação do livro, contaria a ele que Malavesso tinha recebido no Palácio pessoas que não tinham sido convidadas. Mas por ora estava pronta para jantar. Saiu da ala quebrada, foi para o hall de entrada e, de dois em dois degraus, subiu a escada até seu quarto.

Quando chegou ali, encostou a pintura na lareira e tirou os sapatos. Seu jantar estava esperando por ela na mesa-mais-que-esporádica. Ada tirou o abafador e deu um pequeno suspiro.

Era um dos cheiroíches de queijo da senhora Bate'deira (duas fatias de pão com um pedaço de queijo azul entre elas). Também havia um copo de leite e uma generosa fatia de torta inglesa de sobremesa.

Não tinha sido feita por Heston Borbulha, como ela gostaria, mas comeu tudo assim mesmo, inclusive o guarda-sol encravado em cima da torta inglesa.

Estava prestes a se levantar para subir até a reunião no Clube do Sótão quando a porta do armário de seu quarto de vestir se abriu e a ponta brilhante de um tímido focinho preto apareceu.

Ada olhou para o carrilhão na lareira. Já eram quase nove da noite, horário do início da reunião semanal do Clube do Sótão.

Mas essa era a primeira vez que sua camareira se atrevia a pôr o focinho para fora do armário com Ada ali no quarto, e a menina não quis desencorajá-la.

— Por que não vem até aqui? — perguntou Ada. —Você poderia se sentar ao meu lado no divã de dálmata, e poderíamos conversar...

O focinho preto reluzente começou a tremer, e Ada ouviu um triste e abafado soluço.

— Só estou eu aqui — prosseguiu Ada. — Não há nada a temer.

Houve uma grande pausa. Ada se sentou no divã de dálmata e fingiu estar observando as próprias unhas. Fora de seu campo de visão, percebeu que Maribondosa saía bem devagarinho do armário e passava pelo tapete turco. Trazia uma capa vermelha com um capuz bordeado de pele nos braços. Ada olhava distraidamente para uma unha enquanto aguardava.

A ursinha chegou ao divã e se sentou timidamente. Ada olhou para Maribondosa. Sua camareira usava um avental com vários bolsos contendo o que pareciam ser agulhas de costura, carreteis de linha e, na ponta do seu nariz, um grande par de óculos.

Ada se aproximou e apertou a pata de Maribondosa.

— Não há nada a temer — repetiu. — O que aconteceu com minha mãe foi terrível — prosseguiu. — E você tomou conta de mim tão bem, Maribondosa.

Ada sentiu a pata de Maribondosa apertar sua mão.

— Mas — continuou a menina, virando-se para a ursa e olhando diretamente para os olhos dela — agora que meu pai e eu estamos muito mais perto um do outro e tenho meus amigos do Clube do Sótão, você pode partir, Maribondosa, pode ir atrás da felicidade na Bolívia.

Maribondosa se aproximou e pôs a capa vermelha em volta dos ombros da menina.

Depois se levantou, foi até o armário e entrou.

Capítulo dez

Ada subiu às pressas os degraus, chegando ao topo da grande escadaria, e percorreu o corredor do sótão, que atravessava a ala leste. Por trás da fileira de portas fechadas podia ouvir barulhinhos feitos pelas criadas da cozinha.

Como teve de jantar, conversar com a camareira, experimentar a capa de sua mãe e ficar se admirando no espelho, Ada perdera um pouco a noção do tempo.

A capa vermelha quase arrastava no chão, farfalhando ao roçar nos tornozelos da menina. O capuz forrado era deliciosamente macio e quentinho, e, quando o pôs na cabeça e olhou seu reflexo no espelho, Ada sentiu-se maravilhosamente misteriosa. Mas a melhor parte da capa era a etiqueta, costurada com todo cuidado:

Ada chegou ao fim do corredor e dobrou a esquina que dava numa passagem escura. Deteve-se perto da escada de ferro fixada na parede e afastou a capa vermelha para poder subir. Ao chegar ao topo, empurrou a portinhola no teto de gesso.

Atravessou a abertura e chegou ao enorme sótão.

— Desculpem-me pelo atraso — disse. — Perdi alguma coisa?

Parada nas tábuas empoeiradas do chão, Ada olhou ao redor. O sótão estava vazio. No centro havia uma mesa feita de caixotes de frutas e, em volta dela, seis velhos sacos de carvão recheados com grãos de feijão, que serviam de assento.

Ada foi até a mesa. Havia ali um exemplar do *Duto da Chaminé - Jornal do Clube do Sótão*, ao lado de uma colher de pau e, em cada saca de feijão, um bilhete manuscrito...

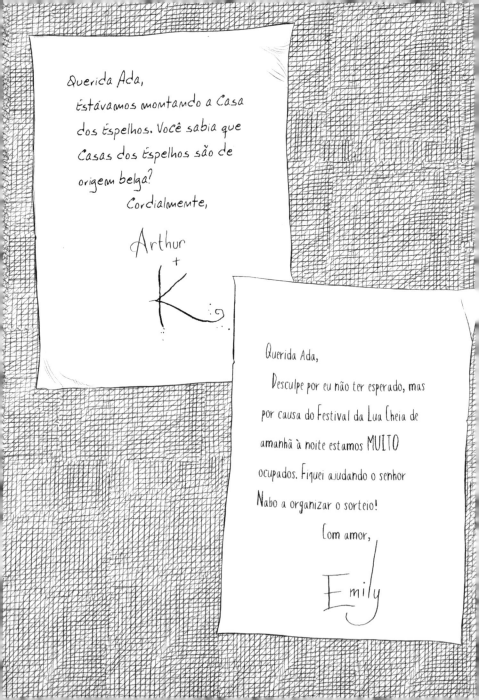

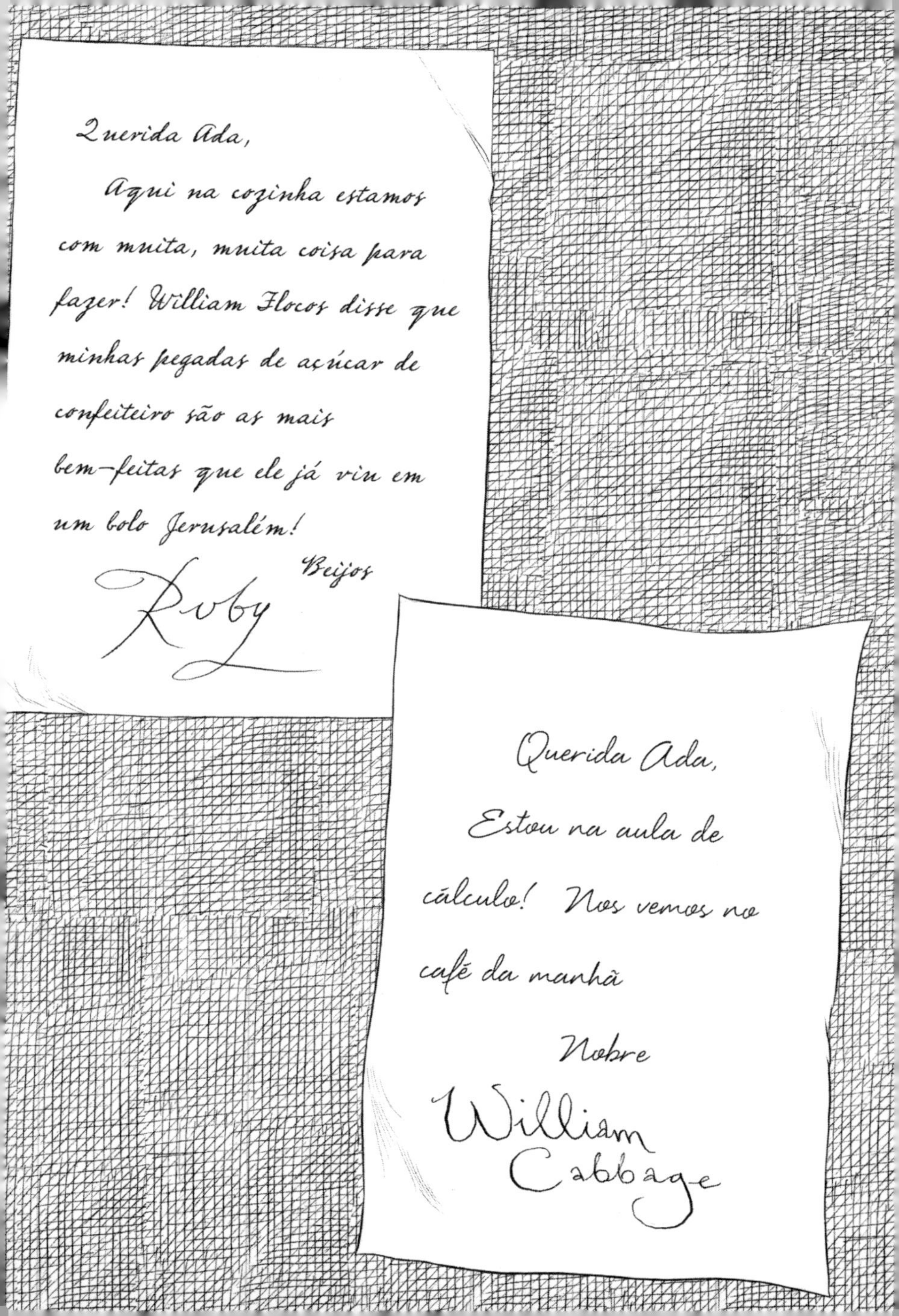

Querida Ada,

Aqui na cozinha estamos com muita, muita coisa para fazer! William Flocos disse que minhas pegadas de açúcar de confeiteiro são as mais bem-feitas que ele já viu em um bolo Jerusalém!

Beijos

Ruby

Querida Ada,

Estou na aula de cálculo! Nos vemos no café da manhã

Nobre

William Cabbage

Ter vestido a capa da mãe fez Ada se sentir maravilhosa, mas agora estava triste e solitária de novo. Queria falar aos membros do Clube do Sótão sobre os estranhos visitantes que Malavesso convidara para o Palácio Sinistro e pedir conselhos a eles sobre como ajudar Maribondosa. Mas todos estavam tão concentrados no Festival da Lua Cheia quanto as outras pessoas.

Bem, pelo menos durante o festival da noite seguinte, poderia falar com o pai. Lorde Gotic já teria voltado da viagem de divulgação de seu livro. Embora sempre parecesse se entediar com os festejos, particularmente durante o baile dos travesseiros, Lorde Gotic sabia que os aldeões de Parvoíce esperavam que ele participasse, e Ada sabia que ele não gostava de desapontá-los. Sentou-se numa saca de feijão e pegou o exemplar do *Duto da Chaminé*...

Ada era a editora do jornal; compilava os relatos de fatos interessantes que cada membro tinha visto ou descoberto, enquanto Emily fazia as ilustrações. Depois Ada enviava o original pela carruagem dos Correios de Parvoíce* para ser impresso em Londres. Quando recebia de volta os exemplares, passava uma cópia por baixo da porta de cada criado. O que sobrava era amarrado num fardo, então deixado no coreto para os aldeões de Parvoíce.

Ada e os outros membros do Clube do Sótão frequentemente ouvem comentários sobre o misterioso jornal, mas nunca dizem nada porque, como Emily Cabbage dizia categoricamente: "O que acontece no Clube do Sótão permanece no Clube do Sótão."

Ada largou o jornal e estava prestes a ir embora do sótão quando uma pomba veio voando por uma das janelinhas redondas encravadas no telhado.

Ela circulou pelas vigas antes de pousar na mesinha feita de caixote de frutas.

Ada pegou o bilhete amarrado na pata do pássaro.

Nota Palmípede de Pé de Página

*A carruagem dos Correios de Parvoíce é abarrotada de coisas, desconfortável e insegura. Ela para em todos os postos de troca e estalagens no percurso de Sinistrishire a Londres, o que significa que a viagem pode durar um bom tempo.

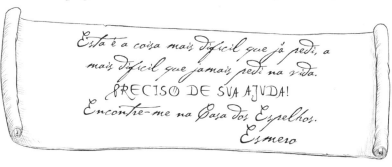

Esta é a coisa mais difícil que já pedi, a mais difícil que jamais pedi na vida. PRECISO DE SUA AJUDA! Encontre-me na Casa dos Espelhos.
Esmero

Então não a tinham esquecido completamente, afinal de contas! Ada correu de volta pelo corredor do sótão e pulou no corrimão para deslizar para baixo, passando pelos afrescos de deusas que perseguiam caçadores e de

jovens admiradas com seu reflexo em lagos. Fez a curva à toda e deslizou para o terceiro andar, vendo

os quadros passarem como um borrão. Na descida do terceiro para o segundo andar, Ada passou zunindo pelas pinturas holandesas representando mesas de cozinha repletas de alimentos e louças usadas. Fazendo a curva, desceu para o primeiro andar e, então, depois de mais uma curva velocíssima, chegou ao hall de entrada, sendo observada pelos retratos de todos os cinco Lordes Gotic. Ada pulou no chão de mármore e passou correndo pelas esculturas até sair pela porta da frente.

Quando chegou à Casa dos Espelhos, mal conseguia respirar. Empurrou as portas duplas e olhou ali dentro. Nem sinal de Lorde Sydney.

— Depressa, depressa — disse uma voz lúgubre.

Ada se virou e viu Vlad e os Fogristes parados atrás dela. Vlad fez um gesto

expressivo, apontando os vagões parados ao lado da Casa dos Espelhos. Tinham as laterais abertas e o interior iluminado por velas.

— Está tudo preparado para você — disse Glad, com um sorriso triste.

— Para mim? —
indagou Ada.

— Por aqui, por favor
— disseram Mlad e Blad,
melancólicos, pegando-a pelo braço
e a conduzindo para o primeiro vagão.

Três morcegos de orelhas curtas e
uma raposa alada estavam pendurados
de cabeça para baixo num palquinho. Ada ficou os
olhando se lançarem ao ar e começarem a voar em
formação sobre sua cabeça. Depois voltaram depressa
para o palco, pegaram argolas com as patas e subiram
novamente em direção ao escuro da noite. A raposa
alada passou no meio de cada argola e finalizou sua
performance com um salto mortal. Os morcegos
então voltaram para sua barra.

— Muito bem, Basil. Bom trabalho, garotas —
disse Vlad, sem o menor entusiasmo.

Mlad e Blad guiaram Ada para o segundo vagão,
onde havia uma fileira de taças de madeira, cada uma
com um nome entalhado.

— Nick, Nac, Sarawak, Giverdogger, Osso. — Ada leu. Mlad deu a ela um garfo comprido com um marshmallow espetado na ponta.

— Toste-o na chama da vela — sugeriu Blad sobriamente.

Ada fez o que ele indicou. Pôs o marshmallow na chama de uma das velas que iluminavam o palco.

Um doce aroma se espalhou pelo ar, e com isso umas cabecinhas encolhidas surgiram na borda de cada uma das taças de mogno.

— Agora, jogue o marshmallow — instruiu Mlad.

Ada lançou o doce na direção das taças, e Giverdogger abriu uma boca enorme e o pegou com os dentes.

— Mais! — exclamou Sarawak.

— Mais! Mais! Mais! —

entoavam Nick, Nac e Osso.

— Acalmem-se, crianças — disse Glad em tom melancólico, mas firme. Pegou Ada pelo braço e acrescentou:

— Venha conhecer Darren.

Uma cabra estava parada no palco do terceiro vagão, mastigando a pontinha de um exemplar do *Observador de Londres*.

— Abra o jornal em qualquer página e pergunte a Darren qualquer coisa — sugeriu Vlad, entregando o jornal a Ada.

Ada o abriu.

— Qual é a circunferência da calça do Príncipe Regente? — perguntou ela.

— Beeeee... Cento e sessenta centímetros... Beeee! — respondeu Darren. Ada ficou impressionada.

— Venha por aqui — indicou Vlad, encaminhando Ada para o quarto vagão, o que tinha a placa "Privado — proibida a entrada". A porta se abriu, e Lorde Sydney Esmero saiu lá de dentro, seguido por Maxim Trompad'Óleo, o pintor, e Heston Borbulha, o cozinheiro.

— Bem pontual, senhorita Gotic — disse Lorde Sydney.

— Em nossa área de atuação, prestar atenção no tempo exato é fundamental.

— Na sua área de atuação — repetiu Ada. — Está se referindo à organização de festivais?

— De certa forma. — Lorde Sydney sorriu. — Somos agentes secretos, senhorita Gotic — contou ele. — A serviço de Seu Regente Secreto. Estes são os agentes 001 a 004 — revelou, apontando para os Fogristes. — Heston e Maxim são 005 e 006. E eu, bem...

— Beee... 007... Beee! — completou Darren, a cabra reminiscente.

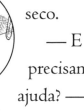

— Exatamente — concordou Lorde Sydney.

Ada engoliu em seco.

— E estão precisando da *minha* ajuda? — perguntou a menina.

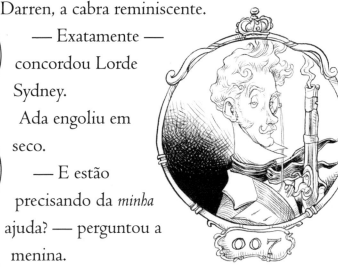

Capítulo onze

Maribondosa tirou os óculos e limpou as lentes nervosamente no avental. Então os pôs de volta sobre o focinho e segurou as mãos de Ada com as duas patas.

— Lorde Sydney está precisando de mim — disse a menina. — Não posso deixá-lo na mão.

Tinha chegado o dia do Festival da Lua Cheia ou, para ser mais preciso, a noite. A lua tinha surgido no céu, cheia e brilhante, e projetava sua luz prateada sobre a casa e todo o terreno do Palácio Sinistro, mas ainda não havia nem sinal de Lorde Gotic. Em poucas horas seria o aniversário de Ada, e, como nenhum dos membros do Clube do Sótão mencionou nada a respeito disso quando ela lhes contou sobre o plano de Lorde Sydney mais cedo, supôs que eles haviam esquecido. Mas agora precisava pensar em coisas bem mais importantes.

Ada endireitou a capa vermelha e pegou seu guarda-chuva de duelar.

— Como estou? — perguntou ela.

Mas Maribondosa já havia se retirado para as profundezas do armário.

Ada olhou para sua cama de oito colunas. Havia em cima da colcha um pequeno pacotinho, embrulhado com um papel listrado e amarrado com um laço de fita.

— Você se lembrou! — exclamou ela.

Um rugido baixinho veio de dentro do armário.

Quando Ada saiu de casa, ouviu rodas de carruagem estalarem no chão de cascalho. Olhou para a estradinha de entrada e viu o pai vindo em sua direção.

Ele montava Pegasus, seu cavalinho de pau. Na garupa, havia uma moça segurando firme na cintura de Lorde Gotic.

Atrás deles vinha uma elegante carruagem de turismo, puxada por dois cavalos castanhos.

Lorde Gotic se deteve ao pé da escada e desceu de Pegasus.

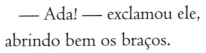

— Ada! — exclamou ele, abrindo bem os braços.

— Pai! — Ada desceu correndo os degraus e se jogou nos braços de Lorde Gotic. — Que bom que você voltou para casa! — acrescentou, dando-lhe um abraço apertado.

— É tão bom estar de volta — disse Lorde Gotic. — Tive de me desviar do caminho para encontrar um navio que partiria de Liverpool, mas consegui chegar a tempo para o Festival da Lua Cheia. Ele se virou e ajudou sua acompanhante a descer do cavalinho de pau, que dois cavalariços se encarregaram de levar embora.

— Esta é minha amiga Lady Caroline Lambebacon — apresentou Lorde Gotic. — Nós nos conhecemos às margens do lago Windermere e, ao que parece, desde então nos tornamos inseparáveis.

— Então, você é a menininha de Lorde Gotic? — observou Lady Caroline Lambebacon. — Você está encantadora com essa capa vermelha. — Deu um risinho sonoro, e Ada viu o pai estremecer.

— Propus a Lady Caroline que me ajudasse na escolha do Grande Mão na Massa do Palácio Sinistro, ou seja lá o que for. — Lorde Gotic deu de ombros. — Mais uma dessas ideias destrambelhadas de Sydney. Malavesso ficou responsável pela organização.

Ada sorriu com ar de quem já sabia.

— Lady Caroline me prometeu que depois vai embora com seu grupo de leitura e me deixará em paz! — disse Lorde Gotic dando um profundo suspiro.

— Ah, Gotic, que brincalhão! — exclamou Lady Caroline, pegando a mão dele e negando-se a soltá-la.

Naquele instante ouviu-se o mais extraordinário som. Era como se um jumento tivesse o rabo mutilado ao mesmo tempo que um gato corresse de um boi desenfreado em um teto de zinco quente.

— A Banda de Parvoíce! — exclamou Ada. — Bem na hora!

— Melhor começarmos logo com isso — observou Lorde Gotic, sem o menor entusiasmo.

Pelo caminho se aproximavam quatro homens de chapéu de palha, tocando instrumentos inusitados.

Atrás deles vinham três mulheronas, entoando um cântico de solstício de verão chamado "Tórrido Rei Wenceslau". Os aldeãos de Parvoíce os seguiam, segurando tochas acesas e muitas vezes cantando com elas, mas, depois, esquecendo a letra. Por fim vinha um grupo de homens com o rosto pintado de azul e saias de palha que iam até seus tornozelos. Eles balançavam as fronhas recheadas com palha que equilibravam na cabeça, e empurravam um grande cesto de vime em forma de ovelha oblonga com rodas sob as patas. O cesto estava repleto de castanhas.

— Que rusticidade encantadora! — exclamou Lady Caroline Lambebacon com um sorriso afetado nos lábios.

O grupo se posicionou em volta do coreto sob o Velho Intrépido; a lua cheia reluzia sobre o Parque

dos Cervos Adoráveis. A Banda de Parvoíce ocupou o coreto e começou a tocar uma melodia rápida e impetuosa enquanto as três mulheronas cantavam "Era uma vez em Royal Tunbridge Wells".

De uma hora para outra, a multidão se dividiu, e os homens de rosto azul recuaram um passo. Formaram duas fileiras e, segundo o compasso da música, começaram a bater na cabeça uns dos outros com as fronhas.

Isso se prolongou até as fronhas estarem inteiramente vazias. Então, o coro interpretou "No tempo em que os pastores lavavam as meias de noite", e a multidão formou um grande círculo enquanto Lorde Gotic pegou uma tocha e pôs fogo na ovelha de vime.

Os aldeãos dançaram em torno do cesto em chamas até o fogo reduzi-lo a cinzas.

Depois, comeram as castanhas assadas.*

Ada achava as castanhas deliciosas.

— Ainda bem que outro desse só ano que vem — sussurrou Lorde Gotic para Ada, com um sorrisinho.

— Ainda falta o sorteio — lembrou-lhe a menina.

— E aqueles deliciosos bolos! — exclamou Lady Caroline, em tom estridente.

— Isso é tão excitante que não dá nem para traduzir em palavras!

Nota Palmípede de Pé de Página

*As castanhas assadas no Festival da Lua Cheia substituíram pequenos roedores assados, o que era considerado cruel. E de todo modo, eles não tinham um gosto tão bom assim.

Na escada de entrada do Palácio Sinistro, os Duplirrafaelitas haviam montado seus cavaletes, cada um com um quadro coberto por um pano. Os aldeãos fizeram uma fila enquanto J.M.W. Nabo vendia os tíquetes.

Quando todos, incluindo Ada, Lorde Gotic e Lady Caroline Lambebacon, já os haviam comprado, J.M.W. Nabo convidou cada pintor a revelar sua obra-prima.

Retaco George tirou o lençol poeirento de seu cavalete, revelando um quadro com a Poltrona Verde de Lincoln.

Em vez de retratar Sir Stephen Redoma, Retaco George pintou um cavalariço segurando a Poltrona de

Lincoln pelo guidão. O rapaz se parecia bastante com Arthur Halford.

Em seguida, Romney Carneiro mostrou sua pintura. Os aldeãos deram uma salva de palmas.

Depois, Maxim Trompad'Óleo tirou o lençol empoeirado que cobria o pequeno quadro que Ada o viu pintar na Pedra dos Gnomos Alpinos. Ao lado dela, Lorde Gotic soltou um risinho. O retrato era tão realista que dava a sensação de que se podia entrar nele e tocar o gnomo.

— O Velho Troncudo, já acertei muitos tiros nele — disse risonho.

— Então é verdade o que dizem a seu respeito — observou Lady Caroline, com uma risadinha. — Você é louco, mau e perigoso para os gnomos.

Sir Stephen Redoma bateu seus tamancos, fazendo uma dancinha animada antes de tirar, com uma mesura exagerada, o lençol que cobria sua mais famosa ilustração satírica.

— Que escândalo! — exclamou Lady Caroline agarrando o braço de Lorde Gotic.

Por fim, J.M.W. Nabo se ergueu e revelou sua tela.

— Ela se chama *Fuligem, fumaça e vagareza, a máquina de tração a vapor* — anunciou.

Ouviu-se um aplauso fervoroso. Era Emily Cabbage, que estava ao pé da escada.

— Os tíquetes estão todos aqui. Agora a senhorita Emily Cabbage vai sortear o primeiro... — anunciou Nabo aos presentes.

Ele pegou cuidadosamente seu chapéu de copa compridíssima e o chacoalhou antes indicar a Emily que pusesse a mão ali dentro. Ele o obedeceu e tirou um papel com os números da rifa.

— Sete, oito, cinco, seis, quatro... — Leu Emily a toda altura.

Houve uma longa pausa enquanto todos verificavam seus tíquetes. Várias pessoas se disseram vencedoras, mas depois perceberam que não tinham ouvido direito os números e Emily precisou repeti-los diversas vezes, o que durou um bom tempo. Por fim, depois de algumas tentativas, Batisfera Ponte, da Banda de Parvoíce, venceu e escolheu o retrato da ovelha oblonga, por Retaco George, deixando o resto dos aldeãos com a maior inveja. Os outros vencedores foram uma ajudante de cozinha, que escolheu o Gnomo Alpino, um dos cavalariços, que quis a Poltrona de Lincoln, e outro membro da banda, Gabriel Bolota, que tocava corneta e escolheu a ilustração satírica.

Então, só restava um tíquete a ser chamado, e uma pintura. Emily enfiou a mão no chapéu, tirou o papel e leu o número.

— É meu! — exclamou Lady Caroline Lambebacon, pulando de contentamento.

Lorde Gotic tinha comprado o tíquete para ela com a condição de que lhe largasse a mão. Ela abriu caminho em meio à multidão com uma força surpreendente para uma criatura tão delicada e se apoderou do quadro pintado por J.M.W. Nabo. Depois voltou para perto de Ada e seu pai.

— Que borrão horroroso! Tome! — Lady Caroline pestanejou para Lorde Gotic enquanto entregava o quadro a Ada. — Fique com ele, minha querida.

Nesse exato instante, Malavesso apareceu na porta de entrada. Apontou na direção do jardim do salão com um sorriso árido no rosto.

— O Grande Mão na Massa do Palácio Sinistro está prestes a começar! — anunciou.

Capítulo doze

Todos marcharam pelo caminho de cascalho, passaram em frente à ala leste e seguiram até os fundos do jardim do salão. Quando chegaram ali, encontraram o Circo da Transilvânia na Máquina a Vapor em pleno funcionamento. Os morcegos davam seu show, fazendo acrobacias, os cocos tímidos apareciam e desapareciam nas taças de mogno, lançando olhares envergonhados para o público, e Darren, a cabra reminiscente, ruminava pensativa uma das páginas literárias do jornal *Observador de Londres*. Os Fogristes estavam enfileirados, olhando com ar infeliz a multidão que se aproximava. Ada percebeu que o líder dos "Homens de Saia" olhava para eles e piscava com ar significativo.

— Uma multidão enlouquecida como jamais vi — observou Glad, desolada.

— Vamos andando. O concurso Mão na Massa é na Casa dos Espelhos, por aqui — indicava Vlad, com um tom de voz bem monótono. — A maior diversão do festival, por aqui.

A maior parte da multidão, incluindo Ada, entrou na Casa dos Espelhos, mas alguns se viraram e se dirigiram ao Circo. As Irmãs Fontes ficaram muito impressionadas com o show dos morcegos. Bateram palmas e exclamaram, com suas vozes musicais, que jamais viram nada parecido. Ada olhou para trás enquanto passava pelas portas da Casa dos Espelhos.

Kingsley e Arthur Halford tinham parado diante de

Darren, a cabra reminiscente, e soltavam assobios melodiosos.

Dentro da tenda, uma centena de espelhos com molduras decorativas refletia o rosto empolgado dos aldeãos de Parvoíce e dos criados do Palácio Sinistro. Ada acompanhou seu pai e Lady Caroline Lambebacon até um palco elevado no centro da Casa dos Espelhos, sob a cúpula, onde pairava uma imensa bola, também de espelhos, e havia aberturas octogonais pelas quais ela podia ver uma reluzente lua cheia.

— Abram espaço para os concorrentes do Grande Mão na Massa do Palácio Sinistro! — ressoou a voz de Malavesso sobre a cabeça de todos os presentes.

O guarda-caça externo mantinha as portas abertas para os cozinheiros entrarem, cada um carregando uma grande bandeja que exibia sua magnífica criação.

"Ooohs" e "aaahs" foram ouvidos na multidão, além da exclamação esganiçada de Lady Caroline, "Fique calmo, meu coração palpitante!", quando os cozinheiros se aproximaram do palco e cuidadosamente depositaram as bandejas na grande bancada situada em frente a Lorde Gotic.

Paola Mortadela preparou pão de ló da jovem Vitória, com cobertura de chocolate branco em formato do novo pavilhão do Príncipe Regente, em Brighton. Ela entregou uma grande espátula de bolo a seu ajudante, Felipe Inox, que cortou duas fatias e as entregou a Lady Caroline e Lorde Gotic.

BOLO DO PAVILHÃO EM BRIGHTON

— Boa textura — avaliou Lorde Gotic.

— Ele me faz lembrar de raios de sol e decadência! — exclamou Lady Caroline. — Não é de se espantar que suas calças sejam tão grandes!

Felipe Inox cortou fatias de seu próprio bolo, um rocambole de morangos à Liverpool, com cobertura caramelizada.

— Boa textura — avaliou Lorde Gotic.

— Usar o Liver, pássaro símbolo de Liverpool, foi encantador demais. Nem tenho palavras! — elogiou a esganiçada Lady Caroline, cuspindo umas migalhas de bolo de tanta animação. — Tem toda a agitação e o movimento de um grande porto marítimo!

ROCAMBOLE DE MORANGOS À LIVERPOOL

Nervosos, os Alpinistas Barbudos observavam, por trás de suas barbas desgrenhadas, Lorde Gotic e Lady Caroline provarem seu pãozinho do Norte em versão gigante, com ganache de chocolate branco e preto.

PÃOZINHO DO NORTE EM VERSÃO GIGANTE

— Boa textura — avaliou Lorde Gotic.

— Selvagem, contundente! — exclamou Lady Caroline, com um suspiro e pestanejando para Lorde Gotic. — E indescritivelmente belo!

— É um prazer finalmente conhecê-lo, Lorde Gotic — disse Nigellina Colher de Pau, entregando-lhe uma generosa fatia de seu enorme fondant esmerado, com colherinhas de praline de decoração.

ENORME FONDANT ESMERADO

— Encantado, estimada senhora — respondeu Lorde Gotic. — A textura é realmente muito boa.

— Um pouco seco, na minha opinião — retrucou Lady Caroline.

Gordon Trombudo franziu ainda mais a testa quando Lorde Gotic e Lady Caroline provaram seu bolo Pesadelo na Cozinha, com cobertura de chocolate apimentado e bonequinhos de marzipã.

— Por favor, não se aborreça. — O murmúrio de Lady Caroline parecia até um arrulhar de pombo. — Sua ideia é magnífica e ardente...

— Ah, não estou aborrecido — replicou

BOLO PESADELO NA COZINHA

192

Gordon Trombudo, com o cenho ainda mais fechado.

— Sempre tive essa cara.

— Boa textura — avaliou Lorde Gotic.

William Flocos entregou a Ruby, a criada da despensa externa, a faca de cortar bolo.

— Pode cortar o primeiro pedaço, minha querida. — Ele sorriu enquanto acariciava Tigre-Tigrinho. — Afinal de contas, você ajudou imensamente.

A moça enrubesceu de orgulho e cortou dois pedaços do bolo Jerusalém de William Flocos com sua pegada de fondant sobre a cobertura de glacê verde.

BOLO JERUSALÉM

— Os padeiros da antiguidade cozinhavam nas verdes pastagens da Inglaterra? — meditou Lady Caroline.

Lorde Gotic revirou os olhos.

— Boa textura — avaliou.

Por fim chegou a vez de Heston Borbulha, que estava na ponta da bancada.

Sua criação era ainda maior que as demais e estava decorada com um creme amarelo bem decepcionante.

— Este é meu Pudim de Passas em Bolo Perigoso — anunciou Heston. — Com creme a prova de gás.

Ao lado dele, Puxekin, o gordo pato-selvagem movia a cabeça, concordando.

Nesse instante, ouviu-se um alto uivo plangente e as duas portas da Casa dos Espelhos se abriram de súbito.

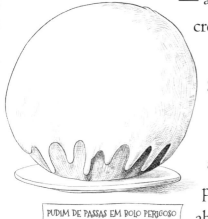

PUDIM DE PASSAS EM BOLO PERIGOSO

Dois enormes poodles, um branco e outro preto, irromperam no ambiente, seguidos dos comerciantes da noite, Didier Pendente e Gérard Docemousse, e sua balconista, Madame Grand Gousier.

— Ninguém se mova! — ordenou a mulher, enquanto os poodles batiam as portas e montavam guarda em frente a estas. — O Festival da Lua Cheia está cancelado! — comunicou a mulher, com uma risada...

Que comece o Festival Mais Assustador que a Morte!

Capítulo treze

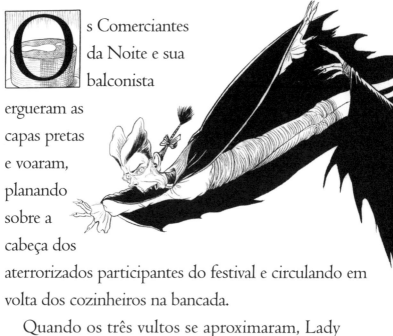

Os Comerciantes da Noite e sua balconista ergueram as capas pretas e voaram, planando sobre a cabeça dos aterrorizados participantes do festival e circulando em volta dos cozinheiros na bancada.

Quando os três vultos se aproximaram, Lady Caroline Lambebacon desmaiou e precisou ser socorrida por Lorde Gotic.

— O que vocês querem conosco? — indagou ele, os olhos inflamados de ódio.

Didier Pendente pousou em uma das pontas da bancada, Gérard Docemousse na outra, enquanto

Madame Grand Gousier aterrissou suavemente na frente de Lorde Gotic. Os cozinheiros se encolheram atrás dele. Ada avançou para a ponta da bancada, com o guarda-
-chuva em punho. Olhando para os espelhos, percebeu que os comerciantes não tinham reflexo.

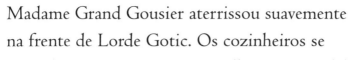

— Queremos apenas beber o sangue dos mais célebres cozinheiros da Inglaterra, porque é o mais saboroso — respondeu Madame Grand Gousier, com um sorriso que revelou os dentes brancos e pontiagudos.

— Nós somos, como vocês diriam...? Vampiros gourmets — acrescentou Didier Pendente, com um riso irônico, olhando para Nigellina Colher de Pau.

— Bebemos sangue de chefs, mas só dos melhores — explicou Gérard Docemousse, fitando os Alpinistas Barbudos com avidez.

— Mas já que resolveu ficar em nosso caminho — prosseguiu Madame Grand Gousier com um sorriso sinistro —, podemos começar por você.

— Agora, Ada! — gritou o líder dos Homens de Saia lá do meio da multidão amedrontada.

Ada pulou na bancada e se moveu com destreza em torno do Pavilhão em Brighton, passou agilmente pelo pássaro de açúcar do rocambole de Liverpool e se esquivou do Pãozinho do Norte em versão gigante.

Com um grito ultrajado, Madame Grand Gousier tentou se agarrar aos tornozelos da menina, mas só conseguiu mandar pelos ares as colheres de praline que decoravam o enorme fondant esmerado.

Ada desviou do bolo Pesadelo na Cozinha e usou a pegada de fondant do bolo Jerusalém como trampolim para se esquivar das garras de Didier Pendente.

Caiu na outra ponta da bancada e obrigou Gérard Docemousse a retroceder, apontando-lhe a ponta de seu guarda-chuva de duelar.

— Peguem a garota Gotic! — gritou Madame Grand Gousier para os Comerciantes da Noite.

Os vampiros a cercaram. Ada brandia o guarda-chuva em suas mãos e depois, pulando para a frente, enfiou a ponta da arma no Pudim de Passas em Bolo Perigoso com creme a prova de gás, de Heston Borbulha. Quando retirou a ponta do guarda-chuva dali, ouviu-se um alto assobio e uma nuvem de vapor picante se espalhou pelo ar.

— É gás de alho — disse Heston orgulhoso. Puxekin assentia lá do chapéu de Heston, onde foi se refugiar.

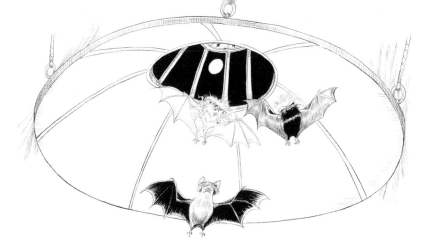

— Nãããããooo! — guincharam os vampiros, retrocedendo de novo enquanto o gás de alho se espalhava pela Casa dos Espelhos.

— Sim! — replicou o líder dos Dorris Men, limpando a pintura azul do rosto com a ponta da toalha de mesa, revelando ser nada menos que Lorde Sydney.

Tapando o nariz, os três vampiros gourmets alçaram voo, transformando-se em morcegos.

Ada ficou vendo os três vultos pretos se afastarem pelas aberturas no topo da tenda.

Depois disso, ouviram-se três pancadas barulhentas quando os morcegos bateram a cabeça na última obra-prima de Maxim Trompad'Óleo, pendurada na horizontal sob o teto. Era uma pintura perfeitamente realística do topo da tenda, feita numa tela circular de carvalho.

— Eu a intitulei de A ilusão da fuga — disse Maxim modestamente.

Emily e os Duplirrafaelitas o aplaudiram.

Lorde Sydney Esmero estendeu sua fronha e pegou os morcegos que caíram um após o outro. Depois amarrou bem a fronha. Os Dorris Men comemoraram.

Dois fortes ganidos preencheram o ar, e todos se voltaram para as portas da Casa dos Espelhos.

Belle e Sebastian erguiam a cabeça de uma pilha de marshmallows assados que estavam devorando e se deram conta de que haviam posto coleiras de couro em volta de seus pescoços. Kingsley segurava uma das guias, e Arthur, a outra. Eles agradeceram quando todos os presentes gritaram "hurra!".

— Desculpe-me, Lorde Gotic, mas nada poderá me persuadir a ficar aqui por mais tempo! — afirmou Lady Caroline Lambebacon, com um tom de indignação na voz.

Lorde Gotic estendeu a mão e ajudou Ada a descer da mesa.

— Minha corajosa filhinha — disse ele, ignorando Lady Caroline. — Sua mãe ficaria muito orgulhosa.

— Saia do caminho! — exclamou Lady Caroline, abrindo passagem em meio aos aldeãos e saindo num rompante da Casa dos Espelhos.

— Em nome do Serviço Secreto do Regente — anunciou Lorde Sydney —, gostaria de agradecer a você, Ada, e a seus amigos do Clube do Sótão.

Kingsley e Arthur assentiram e deram um sorriso, e William Cabbage, que tinha passado despercebido até então, deu a Belle e Sebastian mais alguns marshmallows.

Ruby, a encarregada da despensa externa, que tinha levado um baita de um susto, secou os olhos no avental. Emily, que apertava a mão de Maxim Trompad'Óleo, deu uma olhadela e sorriu.

— Vou levar os poodles — prontificou-se Malavesso, pegando as guias das mãos de Arthur e Kingsley. Olhou para Lorde Gotic. — Se estiver de acordo, milorde.

Lorde Gotic assentiu.

— Lorde Sydney me disse que sua ajuda foi preciosa, Malavesso, obrigado.

O guarda-caça externo fez uma reverência e saiu da tenda levando Belle e Sebastian, seguido de Lorde Sydney, Ada e os demais integrantes do Clube do Sótão.

— O que vai acontecer com eles? — perguntou Ada, apontando para as silhuetas que se debatiam tentando sair da fronha que Lorde Sydney tinha nas mãos.

— Vamos nos encarregar disso — respondeu um dos Fogristes, com um tom bem mais animado que de costume, quando se encontraram do lado de fora.

Vlad pegou a fronha e a entregou a Glad, que a pôs no quarto vagão da Máquina de Tração a Vapor e trancou a porta.

— Pendente, Docemousse e Grand Gousier, a última gangue de vampiros famosos... Estamos tentando pegá-los há anos — disse Lorde Sydney, com evidente satisfação. — O nome codificado da operação...

— Beee... Os trinta e nove crepes... Beee! — completou Darren, a cabra reminiscente.

— Os Fogristes os levarão para uma casa
de vampiros delinquentes — prosseguiu Lorde
Sydney —, numa cidade costeira obscura chamada
Eastbourne. Agora queiram me desculpar —
acrescentou ele, com uma elegante reverência —, mas
ainda há mais uma coisa que
preciso organizar. — Ele se
virou e entrou de novo na
Casa dos Espelhos. Nesse
instante, o relógio dos
estábulos de cavalinhos de
pau soou, indicando que
era meia-noite.

— É meu
aniversário! —
exclamou Ada.

— Eu sei
— disse
Lorde Gotic,
acenando
para dois

cavalariços. Eles trouxeram uma linda bicicleta. Ada não podia acreditar no que seus olhos viam.

— Normalmente ninguém se lembra de meu aniversário, a não ser Maribondosa — disse a menina.

— Isso vai mudar a partir de agora — assegurou Lorde Gotic. — Este é meu presente de aniversário para você. Ela se chama Pequena Pegasus. Uma pônei de pau — acrescentou ele, com um sorriso.

— E eu pintei um cartão de aniversário — disse Emily.

— E todos nós escrevemos nele — completou Kingsley.

Dentro da Casa dos Espelhos, a Banda de Parvoíce começou a cantar baixinho "Para ela, um lindo marshmallow bem gostoso", e Lorde Sydney pôs a cabeça para fora da tenda convidando todos a entrar. Na mesa havia o mais magnífico bolo que Ada jamais viu.

— Todos os cozinheiros ajudaram — explicou a senhora Bate'deira, com um enorme sorriso.

— Eu fiz a figura do topo com caramelo — informou Ruby timidamente.

— O senhor Borbulha me ajudou.

Ada estava prestes a agradecer a todos quando sentiu alguém bater em seu ombro. Ao se virar, viu Maribondosa diante dela, com outro presente nas patas. Por trás das grandes lentes, os olhos de Maribondosa estavam repletos de lágrimas. Estendeu o pacote muito bem embrulhado, e Ada o abriu.

— Luvas de esgrima! — exclamou ela, atirando-se nos braços de Maribondosa. — Elas são lindas, mas você ter saído do armário foi o melhor presente que podia ter me dado! — acrescentou, abraçando-a.

Então se ouviu um pequeno rugido, como se alguém estivesse pigarreando, e o menor dos Dorris Men surgiu no meio da multidão enquanto o coro cantava "No luminoso solstício de verão".

Ada deu um passo para trás enquanto a figura tirava a saia de palha e o chapéu de aba larga e se revelava como um urso baixinho, atarracado e de óculos em estilo militar.

— General Simón Verde-Oliva! — exclamou Ada.

Epílogo

Ada bateu calmamente à porta de Lucy Bórgia.
— Entre — ouviu a preceptora responder.
Ada entrou no diminuto aposento na pequena torre, que ficava no topo da grande cúpula do Palácio Sinistro. A preceptora estava deitada na cama. Parecia muito triste.

Naquela noite, pouco antes do nascer do sol, Lorde Gotic, Ada e Lucy subiram nos telhados do Palácio e acenaram para o balão de ar quente que se afastava no céu noturno. Lá do cesto, Maribondosa, General Simón Verde-Oliva e Lorde Sydney Esmero acenavam também.
— Partir é uma doce tristeza — dissera Lorde Sydney a Lucy. — Mas temo que seja inevitável em minha área de atuação.
A máquina de tração a vapor tinha ido embora, a Casa dos Espelhos foi desmontada, e suas peças

voltaram para a carreta cumbriana, os cozinheiros partiram, bem como os pintores em sua carruagem. O Palácio Sinistro tinha voltado ao normal. Haveria uma

reunião do Clube do Sótão para a preparação de uma nova edição do *Duto da Chaminé*, mas antes Ada queria ver como estava Lucy Bórgia.

— Sua camareira e o general vão zarpar num navio que parte de Liverpool. Lorde Sydney disse que tem um trabalho urgente a fazer em outro local — comentou Lucy suspirando. — Quem sabe quando voltaremos a vê-lo no Palácio Sinistro? Eu gostei tanto de ajudá-lo a capturar aqueles comerciantes abomináveis. Eles só destroem a reputação dos vampiros. Uma pena eu não ter estado presente para ver isso, mas, é claro, o cheiro de alho...

Lucy sentou-se e olhou pela janela. Não havia qualquer reflexo no vidro escuro. Ada viu que os olhos pretos da preceptora estavam tristonhos, olhando para um ponto distante.

— Ele me lembra tanto o tal jovem pintor que conheci muito tempo atrás, o que pintou um retrato meu... Em momentos como este eu gostaria de poder vê-lo novamente...

— Eu sei — disse Ada com um sorriso. — Foi por isso que eu o trouxe para você.

POLTRONA VERDE DE LINCOLN

O VELHO TRONCUDO

OVEEELHA-EEELHA BRANCA

FULIGEM, FUMAÇA E VAGAREZA – A MÁQUINA DE TRAÇÃO A VAPOR

A ENORME SALSICHA DE CUMBERLAND NO SEU
NOVO PALACETE DE REFÚGIO EM BRIGHTON

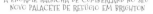

NATUREZA VIVA COM RATO

LORDE GOTIC PRIMEIRO

LORDE GOTIC SEGUNDO

NARCISO E DIANA

LORDE GOTIC TERCEIRO

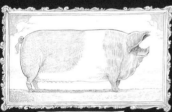
A IMPERATRIZ DE GORM

DIANA, DUQUESA DE SINISTRICE, E SEU COCKER SPANIEL, AGITO

LORDE GOTIC QUARTO

MOÇA COM BRINCO DE PÉROLA

RAPAZ COM COROA DE FRUTAS

LORDE GOTIC QUINTO

Ode para uma
SOPA ROUXINOL

BOLO DE CHOCOLATE INVERTIDO
PARA LAMBEDORES DE DEDOS

EU DEVERIA COMPARÁ-LA COM
UMA SOBREMESA DE VERÃO?

PÃOZINHO DO NORTE EM VERSÃO GIGANTE

BOLO DO PAVILHÃO EM BRIGHTON

PUDIM DE PASSAS EM BOLO PERIGOSO

MEMORIAL DE
MACARRONS DA CÚMBRIA

ENORME FONDANT ESMERALDO

ROCAMBOLE DE MORANGOS À LIVERPOOL

BOLO PESADELO NA COZINHA

CROISSANTS EXTREMAMENTE
CRUZADOS, SALPICADOS DE PIMENTA

PÃES DE LÓ DA JOVEM VITÓRIA
COM GELEIA SURPRESA DE AMEIXA

BOMBA DE CHOCOLATE
EM FORMA DE PRÍNCIPE

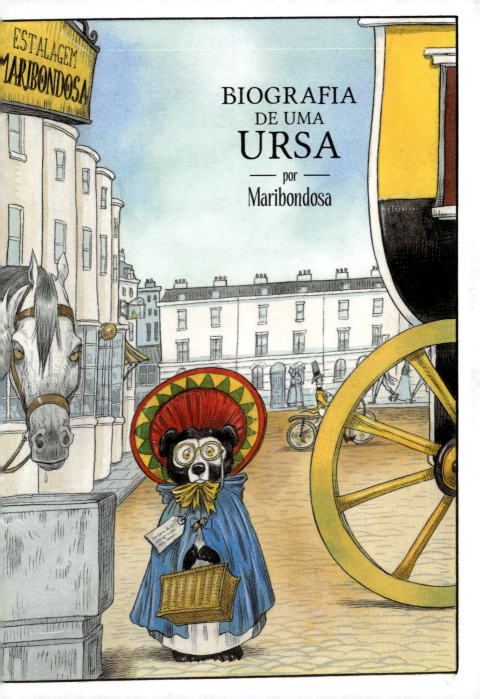

Por favor, dê um emprego a esta ursa. OBRIGADO.

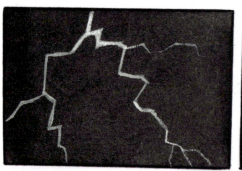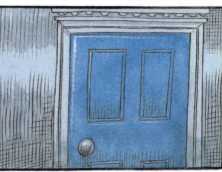

Leitor, eu casei com ele.

Este livro foi composto nas tipologias Alpha, Aquiline,
BetterFly Draft, Blackadder ITC, Burton's Dream, Canker
Sore, Carrotflower, Centaur MT, Dead Man's Hand WF,
Easy OpenFace, Echelon, Eye Catching Pro, Festus!,
FoglihtenNo01, Gentium, Hapole Pencil, Jellyka BeesAntique
Handwriting, Jellyka Delicious Cake, Kienan, Mayflower
Antique, Mountains of Christmas, Octavio, Old Newspaper
Types, One Starry Night, P22 Cezanne, P22 Da Vinci
Forward, Portmanteau, Rage, Simon Script,
e impresso em papel offset 120 g/m² na Lis Gráfica.